张鹤 等编著

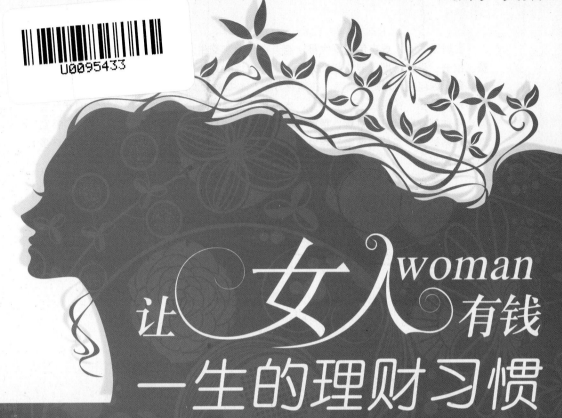

让 女人 woman 有钱
一生的理财习惯

化学工业出版社
·北京·

会理财的女人更自信、更优雅，能更从容地享受生活中的幸福和甜蜜。本书从消费、投资、爱情婚姻、创业四个方面入手，告诉女人如何对个人和家庭的收支做合理的规划，如何成为理财的高手。在消费方面，本书教会女人如何克服不良的消费习惯，学会理性消费；在投资、创业方面，本书特意选择了适合女人操作的低风险的安全理财产品和创业项目进行讲解，帮助女人在学会节约必要开销的同时，广开财源；特别是在容易被人忽略的爱情婚姻理财方面，本书更有精彩的论述，相信能帮您找到许多问题的答案。

图书在版编目（CIP）数据

让女人有钱一生的理财习惯/张鹤等编著. —北
京：化学工业出版社，2011.9
ISBN 978-7-122-12005-2

Ⅰ.让… Ⅱ.张… Ⅲ.女性-财务管理-通俗读物
Ⅳ.TS976.15-49

中国版本图书馆CIP数据核字（2011）第152530号

责任编辑：徐 娟 林 俐　　　　　　　　　　装帧设计：张 辉
责任校对：洪雅姝

出版发行：化学工业出版社（北京市东城区青年湖南街13号　邮政编码100011）
印　　装：大厂聚鑫印刷有限责任公司
720mm×1000mm　1/16　印张12$\frac{1}{2}$　字数228千字　　2012年1月北京第1版第1次印刷

购书咨询：010-64518888（传真：010-64519686）　　售后服务：010-64518899
网　　址：http://www.cip.com.cn
凡购买本书，如有缺损质量问题，本社销售中心负责调换。

定　　价：29.80元　　　　　　　　　　　　　　　　版权所有　违者必究

让女人有钱
一生的理财习惯

前言

　　金钱与财富，不但影响着女人的情绪，更直接地影响着女人每一天的日常生活，柴米油盐酱醋茶，哪一样可以少了钱？女人不善理财，怎么过优雅自在的生活？作为女人，不光要学习管理自己的薪水，还要对家庭的整个收支做出合理规划，争取不让自己和家人的生活为金钱所累。

　　从某种角度上说，理财是女人的专利，女人特有的细腻和耐心，使得理财这一项工作变得更简单，女人理财的效果往往好于男人。

　　女人要想理好财，一定要做到以下四点。

　　(1) 经济独立。一个经济独立的女人，才更有自信和魅力。经济独立的女人，生活中的乐趣相对更多一些，并且更懂得珍惜金钱，不会因一时冲动肆意挥霍金钱。

　　(2) 克服不良消费习惯。很多女人会一时头脑发热，买回很多不实用的东西。有些女人因为情绪不佳而上街购物，购物成了排遣情绪的手段，带着情绪消费往往是不理性的浪费。进行大额消费时，一定要多问自己几遍：我真的需要它吗？

　　(3) 记录收支。一定要将自己和家庭的每一笔收入和支出记录下来，每个月都要分析收支情况，看看哪一项支出过于庞大了，哪一项支出是浪费性支出。并根据分析调整下个月的收支情况。

　　(4) 储蓄和投资。我相信每个女人都在储蓄，但是很多女人并不了解储蓄的技巧，储蓄毫无计划和规律可言。没有技巧的储蓄无疑是种浪费。在投资方面，更多的女人是因惧怕风险而退避三舍，进入投资领域的女人大多是凭着直觉行动。储蓄和投资是理财的重要内容，很遗憾多数女人对此并不了解，这意味着她们离财富之路还很远。

　　本书从消费、投资、爱情婚姻、创业四个方面，告诉女人如何理财才是最有效的。

女人通过理财能在消费过程中最大程度地省钱，本书不但告诉女人如何在日常消费中省钱，而且提示女人在金银饰品、钻石珠宝这些奢侈品领域应该注意的理财要点。

在投资这一领域，本书特意选择了适合女人操作的低风险的安全理财产品，如国债、保本基金、货币基金等理财产品。帮助女人通过稳健投资让钱赚钱，家庭财富逐步增多。

很多女人忽略的爱情婚姻理财，在本书中也有精彩论述，读者可以在本书中找到大部分问题的答案。

在本书的写作过程中，得到了很多朋友的帮助和支持，他们是李金梅、张昔涛、张腊梅、吴玉昌、李维帮、周志强、逯菊英、何艳平、李秀梅、许才科、蔡瑞萍、李玉梅、胡志太、张福德、张玉英、杨丽平、张万菊、许开荣，在这里谨向他们的辛勤工作表示感谢。由于笔者学识浅陋，书中难免有疏漏之处，请读者不吝赐教。

经济无忧的女人更自信、优雅，更能恣意享受生活中的幸福和甜蜜。女人只要稍微用心就可轻松成为理财高手。美丽生活从理财开始，女人们还在等待什么？

编著者

2011年7月

让女人有钱
一生的理财习惯

目录

第11章　做家庭的理财精算师

第12章　孕育孩子时期的理财交响曲

第13章　女人网络开店赚钱攻略

第1章　女人理财的五个核心内容

女人应该告别做"花瓶"的年代，不依附于任何人。依附父母，父母总有老的一天；依附男人，男人并非总能充当坚强的后盾。靠天靠地，不如靠自己。女人要不断地为自己充电、掌握理财和生存的技巧，展示"巾帼不让须眉"的风采。

 女人理财的前奏——经济上自立

女人如牵牛花、小鸟般柔顺可爱，她们企盼一座坚实的大山，为自己建造一个无忧无虑的"港湾"；她们渴求一位英雄，为自己营造一个生活的"天堂"。然而一些女人太过梦幻，现实又太过残酷，大山有倒塌的危险，英雄也有铩羽的时刻。所以需要女人自立，最重要的是经济上的自立。

 ## 活出自己

"衣来伸手，饭来张口"的生活，看着很美妙，但也无形中让女人受制于他人，经济的独立对女人的生活起着至关重要的作用。

首先，经济的自立是女人自信、自强、自尊的基础。自立之"立"，孔子曾有过"三十而立"，"立"在这指立家、立业，是指男人在过了三十岁以后就应该有一定的经济能力养活自己的家。本书的"立"是指女人经济上的独立。一个女人只有经济上自立了，才能在政治、文化、社会等方面获得同等的权利，经济上不自立，其他的也就无从谈起。

　　工作是女人自立的前提，女人在工作中可以获得无限的乐趣。一味地让男人来满足物质需要固然很惬意，但别忘记了，在消费他人金钱的时候也在销蚀自己的尊严。

　　其次，经济上的自立能够使女人更加自信。拥有自己的工作，能够更好地体现女人的社会价值，女人不再是附庸，不再会有"拿人家手短，吃人家口软"的尴尬。一些重要的场合，不会只是男人唱独角戏，女人也可以独挡一面，入得厨房出得厅堂，真正演绎自己"半边天"的身份。

　　最后，经济上的自立，使女人更加自强。女人可以在自己财富积累的阶段去帮助一些社会上需要帮助的人，同时在面对突发事件时能够更加的坦然，无所畏惧。

　　碧沙25岁的时候，嫁给了孟阳，孟阳是一个中国传统的男人，他希望自己的妻子能够在家相夫教子，碧沙毫不犹豫地答应了。有人说碧沙一不留神捡到了个金龟婿，命太好了。

　　刚开始的时候孟阳陪着碧沙看韩剧，上网查做饭的方法，隔三差五买小礼物，牵着她的手在公园散步，如果生活一直亦如初见，那么所有的烦恼忧愁都会没有。

　　结婚一年半以后，孟阳慢慢地开始早出晚归，而且也不喜欢和碧沙说话了，他们的交流仅限于"你吃了吗？""吃了"，"哦"，孟阳和碧沙说话也特别不耐烦。

　　结婚三年后的春节，孟阳的单位组织联欢会，需要带配偶参加，碧沙到场后显得跟整个气氛格格不入，他们讨论的她完全不懂，偶尔插上几句，孟阳还特别生气。回家后孟阳大吼大叫，说碧沙幼稚、不懂装懂，简直就是丢人现眼。碧沙气急了，和孟阳大吵了一顿，孟阳立马摔门而出，而且说碧沙不可理喻。为此碧沙特别伤心，她暗自下决心一定要赢回自己。

　　第二天一大早，碧沙就出去找工作，由于专业知识已经忘了一大半，而她在结婚前就特别喜欢小饰品，所以她盘了一家小店卖小饰品。

　　孟阳听说后很反对，碧沙说："如果以后我一直待在家里，迟早会与你有距

离，如果你为这个家好，为了我好，就让我出去工作。"在碧沙的软硬兼施下，孟阳勉强同意了。

有了工作，碧沙变得忙碌了起来，她的生活中除了孟阳还有她的店，孟阳刚开始还很不屑，但碧沙经营得越来越好，孟阳开始刮目相看，而且还介绍他们单位的女同事来买饰品，他俩的关系慢慢又恢复到以前的甜甜蜜蜜了。

经济上独立的女人，面对逆境不退缩，面对打击不气馁，勇敢地迎接挑战，活出值得骄傲值得回味的精彩人生。

经济上自立的女人，才能获得人格的自立，才能受到别人的重视和宠爱。

 ## 全职太太"危机四伏"

按照目前社会发展的形式来看，做全职太太可真有点"危机四伏"。

顾名思义，全职太太就是不用工作或是辞去工作的妻子，她们专心在家照顾一家人的衣食起居，自己没有经济来源。

女人做全职太太，在家庭中身兼数职，是保姆、是幼师，还可以称得上是心理咨询师、营养师等。虽然扮演着多重身份，但给人的感觉还是依靠丈夫来养活。

但是做全职太太对于女人来说有以下弊端。

首先是可能失去自己的交际圈。做了全职太太后就会有意无意地离开自己的交际圈，生活开始围绕着老公、孩子转，极度关心他们的一言一行，他们成了自己生活的主题，没有属于自己的独立空间，没有时间培养自己的爱好，生活开始变得平淡无奇，没有个性、没有自我。

与社会完全脱节的女人会迷失掉自己的个性。个性就是一个人的品牌，不一样的品牌才能吸引人们驻足和观赏，没有个性的人迟早会被别人取代。

其次是生存能力下降。如果家里发生一些变故，因为没有独立的经济能力，全职太太会损失很多财产利益。还有很多全职太太认为家庭里所有的财富都是丈夫创造的，所以很少过问家庭资产，这样很容易丧失家庭财产平等享用权。

不要在暂时的安逸中迷失自己，任何美妙的事情都只是昙花一现，只有握在自己手里的才是真正属于自己的。

最后是可能导致婚姻产生危机。全职太太每天面对家庭琐事，生活枯燥乏味，很容易造成一种心理上的缺失，进而引发婚姻矛盾和危机。

有的全职太太因为经济上的不独立，导致心理上的不自信，总是疑神疑鬼，揣测一些根本没有发生的事，甚至跟踪自己的老公，最后导致家庭的破裂。

轻松理财从记账开始

"你不理财，财不理你。"这句话是有大道理的，即使是平头老百姓，理财和不理财的结果也很不一样。人们经常说"大富靠天，小富由人"，注意理财，"小富"是很容易做到的。记账就是"小富"的开始，记账看似烦琐，对理财却很有帮助。

 ### 传统方法——流水式记账法

建议你准备一个记账笔记本，一点一滴地记录自己的收入和花销，在每个月底做一次总结，长此以往，就会对自己的财务状况一清二楚。

在记账的同时要对自己的消费状况做出细致分析，知道哪部分是硬性消费，哪部分是可有可无的，从而更加合理有效地做出消费安排。

如果"月光族"学会记账，那么每个月月底就不会面黄肌瘦、口袋空空了。在"刷卡"的时代，我们在日常消费中要充分利用信用卡的优势，这样除了可以免除携带大量现金的烦忧，还可以通过每月银行的账单帮助记账。

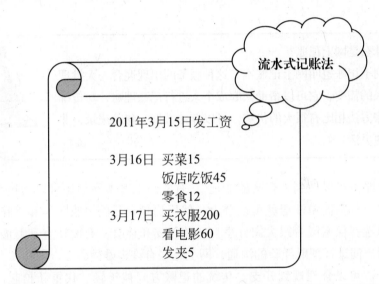

流水式记账法

2011年3月15日发工资

3月16日　买菜15
　　　　　饭店吃饭45
　　　　　零食12
3月17日　买衣服200
　　　　　看电影60
　　　　　发夹5

集中凭证与单据是记账的必要步骤，在平时消费的时候要培养索要发票的习惯。发票上要清楚地写明消费的时间、金额、项目等。

此外，存款单据、提款单据、刷卡签单、银行中扣缴的单据、话费单据等，都要逐个保存，最好放置于一个固定的地方。

通过细致的规划，我们就能清楚收入的去向了，也就为下一步理财做好了铺垫。

发票上要注明消费项目

发票上要注明消费项目，这样做一来可以更好地保护自己的权益，二来可以在记账的时候逐一核实。假如有大额的交易，又没有发票，那一定要做详细的记录。

新鲜人的理财——网上记账

日常生活中记账的大多是零零碎碎的小事，采用传统的流水式记账法会有一些枯燥乏味。随着时代的进步，催生了网上记账的方式，一大批"账客"应运而生。

什么是网上记账？

网上记账也叫网上记账本，这种服务的出现迎合一大批理财达人的需要，它可以帮助家庭或个人进行记账理财，与传统的记账方法相比有很大的优势，可以存储数据、移动记录，非常方便灵活。

网上账本可以做到"有网就能记"，有的网上账本网站还可以通过手机进行网上记账，只需简单注册就可以登录，然后记录自己的"收入"和"花销"了，同时可以选择保密或者跟大家分享自己的收支和体会，有的还有理财圈子功能，可以让用户间进行理财经验的沟通。网上记账有许多妙处。

第一，可以合理规划开支。传统的记账方式被年轻一代重新拾起，进行改造，变为了一种新型产物——网上记账，以此对自己的收入和支出进行合理的规划，对一些生活中不良的消费习惯，有则改之无则加勉，告别"月光族"，变成"有产族"。

第二，可以控制不理性消费。女人进超市、逛街总是爱买一些花里胡哨但没有什么实用价值的东西。网上记账可以控制消费，让一些可有可无的东西消失。

形形是一个时尚的女孩，什么新鲜玩什么，最近她发现了网上记账本，在上边能够看到好多有趣的事。

在这个平台上她发现有很多女孩和自己志趣相同，喜欢同样牌子的化妆品、衣服等，觉得很真实很鲜活。于是形形也开始在网上记账，在网络中结交了一大帮朋友，她们之间互相比较这个月谁花钱最少，谁买的东西最实用。

几个月下来形形竟然省了很多钱，而且不知不觉地有了不少积蓄，网上记账不仅是一种时尚，更是一种理财"妙方"。

第三，可以记录心情。网上记账其实和博客有异曲同工之处，可以写日记、记散文，网上记账本不仅仅是一个服务工具，还可以是心情的中转站。内容可以是伤心的、失落的，也可以是快乐的、兴奋的，让更多的人分享自己的成长。

第四，可以改变自己的消费观念。有人认为人的一生何其短暂，要懂得及时行乐，想给自己买什么就买什么，想吃什么就吃什么；有人却认为一生总有突发事件，手里有积蓄，总能防患于未然。网上记账能够影响甚至改变人们的消费观念。

理财的最佳方式并非追求高超的投资技巧，只要掌握正确的理财观念，并且持之以恒，若干年之后，人人都能成为百万富翁。

案例

李娜是一个典型的"月光族"女孩，每个月3000块钱的工资不够花，前半个月尽情挥霍，吃的用的穿的都是最好的，下半月就是"饥寒交迫"，朋友老是规劝她要合理地进行消费。李娜却不以为然，还宣称"我的生活，我做主，我选择，我喜欢"。

有一次偶然的机会她在网上看到一个女孩的账本，每月工资2000块钱被计划得井井有条，而且每个月还寄给她弟弟一笔生活费，李娜感到非常震惊，原来生活可以这样。假如父母老了没人照顾怎么办？于是李娜也在网上注册了一个账本，觉得应该好好规划自己的未来。

 记账的网站

有需要就有发展，越来越多账客的存在，势必会带动记账网络和记账软件的发展。目前，各式各样的记账网站和软件就有十几个，它们有着相同之处，注册登录以后就会显示一个页面，页面的内容大致包括：账目的日期、现金数额、存储金额等。

但每个网站都有自己的独特之处，有的侧重于专业理财，有的侧重于消费预算，还有的侧重分享账本或是提供短信记账等更多更便捷的服务。因为有这些不同，所以在选择时应该有所侧重。在此，提供几个网站供大家参考。

网 站	网 址
蘑菇网	http://www.gmogu.com

记流水账的操作便于轻松地管理个人财务，系统可以自动进行分类、统计，定制属于不同"账客"的账户分类、收支分类等；可以为账客或账客家人订制每月或每周预算，可以随时和现实消费金额相比较，在将要超出预算的时候，系统就会进入自动提醒状态；系统还有不同种类的财务统计报表和统计图，让你非常直观地了解自己的财务状况；提供短信记账、自动记账等个性化服务。

账客在线	http://www.coko365.com

每个月固定的开支，例如房租、水电费等，电脑会进行自动的记录，还具有统计分析的功能，对收入能进行系统的分析，同时还配有分析图，图文并茂更加具有说服力，支持数据导出功能。

记账啦	http://www.jizhangla.com

是一个随时可以进行记账的网站。用户注册登录以后，就可以看到个人页面，包括："收支科目管理"、"收支统计分析"、"收支计划管理"等框架，你可以对这些栏目进行细致的记录，同时网站的页面也非常清新，看着特别舒服。

开普蓝	http://www.keepbalance.net

这是一个更加系统和人性化的网站，除了记账功能外还可以写日记、做人际关系备忘录。通过每个月记流水账，到了月底系统会准时整理出一份财务报表，包括收支现金存款表、现金流动表，帮助你了解每个月的财务情况，同时拟写出下个月的理财计划，方便省时。还可以进行股票、基金等账户的整理、归纳。

克服冲动消费

　　购物成了都市女人的必修课，女人可以不吃饭，可以不上网，但是逛街是刻不容缓的。女人逛街不是去买商品，而是去买一种气氛。

　　现代都市的生活节奏越来越快，人们的心理负担在不断加重，商场里琳琅满目的东西，会让人觉得赏心悦目，所以漫无目的、随心所欲地逛街，可以很好地调节自己的心情。

　　心情不好的女人，从商场归来完全看不出原来的情绪，大多像是凯旋的战士，即使是拿着沉甸甸的东西也依旧昂首阔步。女人购物是一种独特的心理"康复"信

心理学家分析，女人通过逛街能够得到心理上的最大满足，是一种快乐的体验。

号。但更多的女人在情绪影响下购物，会没有目的地疯狂购买，事过之后又懊恼不已。

一个女性朋友说过："当我感觉自己心情很不好的时候，就一定要为自己做点事，最好的选择就是去购物，我会买很多并不是很需要的东西，甚至有些东西以我的消费能力根本承担不起。这种购物会给我带来短暂的满足感和喜悦感，但过后内心就会感到特别的空虚，甚至有一种特别强烈的内疚感。"

克服冲动消费对于女人来说迫在眉睫。我们调查了800多名女性，让她们谈谈过去一周的消费情况，有60%的女人承认自己曾有过冲动性消费，她们的理由大多是抵不住打折特价的诱惑，1/3的女性花费超过了自己的支付能力，可能只想买一包卫生纸，最后却买了一部手机。

 ## 抵制名牌产品的诱惑

多数女人喜欢在商场中穿梭的感觉，她们更多地是积极主动地去购物。商家就是抓住女人的这些软肋，大规模地利用广告媒体进行宣传，名人效应带动了品牌效应，一些品牌商品逐渐演变为名牌，受到女人的信赖与吹捧，让女人认为拥有它们是一件理所当然的事，不去购买或是得不到就会产生强烈的心里失落感。

一掷千金那一瞬间也许会使你感到心情舒畅，但事实上几乎没有哪件商品能够真正让你得到心理上的满足，而且这种情况还会不断发展，愈演愈烈，最后上瘾。如果你真正明白应该花钱有度，那么就会有更多的选择等着你。

名牌、时尚不是唯一的风向标

女人在选购名牌时具有"绵羊效应"，彼此撞得狼狈不堪只为买到某个名牌的便宜货。其实名牌和时尚并不是购物时的唯一风向标，适合自己的才是最好的。

下面给大家介绍两个抵制名牌诱惑的办法。

首先要提高自信。女人去购物的时候，往往会对自己失去控制，感觉老是有一种无形的压力，其实这本身就是自信心在作怪，导致为了提高自己的自信去买一些昂贵的商品，甚至是自己负担不起的。如果对自己有足够的自信，内心足够的强大，就不会轻易被商家摆布，被名牌商品诱惑。

其次要尽量购买适合自己的简单款式的衣服。女人应该时常整理自己的衣柜，你所购买的款式也许你衣柜里早就具备了，买的时候尽量挑选适合自己的、简单大方的衣服。时尚界的风向标时常在变，上个季度你穿着时尚，下个季度你穿着也许就是别人嘲笑的对象，所以不要费尽心机地去买某个名牌的便宜货。

 ## 做好心理暗示

世上没有对暗示完全免疫的人，只是对暗示的敏感度有所不同。据科学实验调查，在相同的环境中女人比男人更容易接受暗示，所以女人在购物中要有效地利用心理暗示。

什么是心理暗示？

所谓心理暗示，就是用含蓄、间接的方式，对人的心理和行为产生影响。本质上，它是一种条件反射的心理机制，会使人不自觉地按照一定的方式行动，或者下意识地接受一定的意见或信念。

购物前和购物时都要做好足够的心理暗示，一个好的心理暗示可以起到减少冲动消费的作用，同时一直长时间使用这种方法还能戒掉冲动消费的习惯。

首先购物前准备一个购物清单，大致预算一下自己需要花的金额，然后提醒自己不能超过这个数字，超过预算就将面临以下的处境：问朋友借钱，看人脸色；问父母要钱，于心不忍。这种心理暗示能对冲动消费起到抵制作用。

案例

周静大学刚毕业的时候，工资领到手里没几天就花完了，进了超市就无法自拔，往往是想买一些生活用品却买回了豆浆机、加湿器，下半月就得借钱过日子，这时被借钱的朋友总是"横眉竖眼"，而且周静也老觉得欠朋友人情。

慢慢地，周静开始对自己的消费进行规划，每次进商场进超市之前，都要列一份清单，然后计算出预算，告诫自己：不能超出这个数字，要不然下个月不是"饥寒交迫"就是"忍辱负重"。

其次建立"推迟满足感"体系。在购物时建立一个"推迟满足感"体系。假如某件商品在冬季刚上市的时候卖500元，过几个月它也许就只值200元了，所以暗示自己不要急于购买。

很多女性坦言，当面对特别喜欢的鞋子或包包时，暗示就很难控制"现在的自己"，这可能就是她们的账户出现赤字的原因。如果不想让自己银行账户出现赤字，那么最好悬崖勒马，让理智战胜冲动，合理的暗示可以抑制内心的消费欲望。

购物时学会说"不"

对一些琳琅满目的商品说"不";对一些广告商的大肆宣传说"不";对金钱换来的瞬间满足感说"不";对别人的强烈建议说"不"。

 甩掉购物时的坏习惯

女人购物其实是有规律的,哪里出的问题,我们就在哪里解决问题。

第一个问题:带着情绪去购物。女人在心情好的时候去购物,是为了奖励自己;心情不好的时候去购物,是为了安慰自己。带着情绪去购物,不管是高兴还是悲伤,都会失去平时的理智,见什么买什么,等情绪平复后又懊恼不已,大骂自己是个傻瓜,心疼那白花花的银子。

第二个问题:无所事事去购物。女人在无所事事的时候也会选择去逛街,一逛街就不会觉得生活乏味无聊,高喊着:"世界如此美妙,我却如此浮躁,这样不好,不好。"逛街不消费好像很说不过去,于是大包小包的往家里买些没用的东西。

冲动是魔鬼,一时的冲动换来的只能是懊恼。理性消费,合理支配才是"王道"。

第三个问题:成群结队去购物。女人经常是一窝蜂地去逛街,看着别人买什么自己也买什么,其实这些东西根本就不需要。

第四个问题：虚荣攀比去购物。女人喜欢攀比，可以说是一种虚荣的表现。同事或是朋友新买的首饰或是包包，都能引起购物欲望，而且要买比同事或朋友更好的。

第五个问题：被宣传搞迷糊去购物。现在的电视购物广告铺天盖地，说得天花乱坠，女人往往经不住诱惑，蠢蠢欲动。

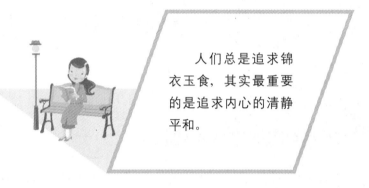

人们总是追求锦衣玉食，其实最重要的是追求内心的清静平和。

查出了病因就要对症下药。

第一服药：等心情平稳的时候去逛街。不要在兴奋时或是难过时去逛街，应该等自己的心情沉淀一段时间再去，不要让任何情绪影响自己的购物计划。

第二服药：合理安排自己的业余时间。业余时间可以安排去爬山或是看书，也可以参观免费开放的博物馆，不要让自己的生活安排有空白，要塞得满满的，避免购物心理的滋长。

第三服药：独自去逛街。这样一方面购物的速度快，再者就是不会在同伴的劝说下买一些自己不喜欢或是没有需要的物品。如果实在觉得一个人逛街无聊，那么最好认真选择同伴。

第四服药：逛街时只携带现金。逛街前先写一个计划单，列出自己要买的东西，然后估计一下该带的现金，最好把信用卡或是银行卡放在家里，以免购物的时候无法掌控自己。

第五服药：抵制诱惑，调整心态。不要被一些表面浮华的东西所迷惑，做一个内心淡定的人，不要盲目攀比，这样只会丧失本身的美丽。

 理财要规划

现代社会女人身上压了三座大山：老公、孩子、工作，哪一样都不能掉以轻心。女人的压力越来越大，但女人不仅要生活下去，还要活得有声有色、漂漂亮

亮。聪明的女人一定要好好学习理财，不仅是为了自己，也是为了自己所爱的人。

在学习理财前，一定要具备以下理念。

 ## 要懂得储蓄

一个好的理财师首先应该把一大部分积蓄放在银行里，储蓄这些钱的目的不是为了增加收入，而是为了更加稳妥，避免让所有的资金都投入到不可控的风险当中，增加资金的危险性，因为投资市场本身就是不可预测的，所以我们要力争做到万无一失。

打破保守	·在传统观念中女人理财就是储蓄，不敢承担多余的风险，比较保守。如果让钱尽快地转动起来，钱生钱的速度绝对可以超过我们自己赚钱的速度，何况现在物价上涨、通货膨胀，有可能存在银行的钱是负增长。
有始有终	·不要三天打鱼两天晒网，如果一直坚持你一定能发现其中的乐趣。
不做独裁者	·不要把自己当成一家之主，家里你是老大，谁都得听你的，这样只会给家庭带来不安定因素，所以做任何投资前都要和家里人商量。

女人理财应具备的理念

一定要养成记账的习惯，利用我们前面提到的记账方式，每天抽出一点时间将自己的收入和支出做个简短的整理。然后在银行中开一个只存不取的账户，将每月不用的钱存入银行，只要坚持下去你就会发现自己有一笔额外的存款，在急需时可以雪中送炭。

 ## 钱生钱是理财实质

女人光会攒钱、存钱是远远不够的，还要学会投资，让钱来赚钱才是理财的根本之道。投资是有风险的，后果需要自担，所以最好在投资之前测试一下自己的风险承受能力。理财中主要有三种性格类型：保守型、平稳型、冒险型，测试一下自己属于哪一种，然后选择投资合适自己的理财方式。

无论采用哪种理财方法，都要注意收集理财方面的相关信息，了解产品的性能、风险大小及其利弊等，不打无准备之战；然后根据自己能够承担的风险大小，配合个人或家庭对资金的中长期的需求，做出合理的投资配置。

```
┌─────────────────────────┐
│    风险承受能力的三种性格    │
└─────────────────────────┘
```

保守型（可以选择定期存款、货币基金、国债、实物黄金进行投资）	平稳型（高风险和低风险在投资中各占50%的份额）	冒险型（高风险的份额可以偏重一些，达到60%～70%）

风险承受能力的三种性格

 ## 为自己买一份保险

调查显示，女人的平均寿命一般要比男人长5至8岁，更长的生命周期意味着有更大的风险，因此未雨绸缪，早日有属于自己的一份保单是完全有必要的，保险在关键时候往往能起到意想不到的效果。

随着年龄的增长，女人有了自己的家庭和孩子，各种潜在的风险因素不断增多，买一份保险不仅是为自己负责也是为自己的家庭负责，还是提早为自己的晚年生活做准备。建议将社保养老金和商业养老金相结合，适当地选择一些新型保险，例如分红保险、投资连结保险、万能保险，可以将保障和收益结合。

 ## 做好一样投资，不要贪多

为了有更高的利益，女人完全可以选择一样风险高、收益多的投资产品，例如股票、基金、邮票、珠宝或是房子……但要宁缺毋滥，别什么都想投资，"眉毛胡子一把抓"，这样只会适得其反，要选择自己最擅长最有把握的进行投资，并长期坚持下去，找到其中的规律，一定会有所收获。

一招鲜，吃遍天，一生做好一样投资，您的生活一定会幸福的。

第2章 女人精打细算省钱秘诀

一提起精打细算，我们总会把它与吝啬相提并论，好像精打细算的人都是小气鬼。其实精打细算是一种智慧，是一种认真理财的表现。

男人常说："女人天生就会精打细算。"实则不然，因为不同的女人会选择不同的方式，进行自己所认同的精打细算，但真正意义上的精打细算到底是什么样呢？

女人为什么要精打细算

我们处在这样一个到处都是消费诱惑的年代，每到岁末年尾，商家们便开始利用媒体，发布一大堆打折送礼的广告，商品的数量丰富与更新换代之快，无不刺激着大家的消费欲望。因此，不经意间我们的周围有了许多的"零存款"与"月光族"。金融机构也趁着消费热潮推出各种各样的消费贷款，"挣一个钱恨不得花三个"在很多人眼里成了真正会生活的表现，是不是传统的消费观念已经完全过时？

其实不然，在一项专门针对女性消费情况的调查中显示：绝大多数的中国女性认为这些所谓的"时尚"消费观念纯属无稽之谈，还是应该遵循"量入为出，少花多存"的传统观念，这也是最正确的消费方式。

调查显示，66.84%的女性都认为"精打细算"是过日子的主要方式。这种传统的理财观念仍是当今理财的主导观念。只有18.63%的女性认为自己的消费方式属于"无计划，随意花"，另外还有12.56%的女性认为自己的消费方式属于"挣多少花多少"，对于接受贷款消费，即那种"今天花明天的钱"的，仅占了1.97%。

细水长流，这是中国人花钱一向讲究的原则，对中国女性而言更是如此，有了余钱不能花掉，要存起来，以备不时之需。

对于中国女性来说，一件东西值不值得去买，最被认同的评判标准是"价格低，东西实用"，要占74.8%，认同"只要自己喜欢我就想把它买回去"的只占22.6%，而将"东西时髦、高档"作为评判标准的仅占2.6%。

中国女性素以勤劳节俭著称。时至今日，虽然经济环境发生了很大的变化，但是精打细算仍中国女性所信奉的理财"金玉良言"。

精打细算是为了长久的幸福

有的女人会抱怨："我精打细算到底有什么用，那和小气鬼有什么区别，我的美好生活怎么去追求呀？"其实，只有学会精打细算地去理财，才能让生活更幸福。

精打细算的女人会理财

《杜拉拉升职记》里面有这样一段，拉拉失恋了，跑到国贸的名品店里疯狂购物，而且还将信用卡刷爆，买了过去一直不敢买的爱车。说女人是一种情绪化的动物，恐怕一点也不为过，在情绪不佳时，女人恨不得把所有钱花掉来化解情绪，在花钱消费中，体验"爽快"的感觉。

回到生活中，女人不得不承认，想满足自己所有的欲望是不可能的，面对着自己的收入和一天比一天高的物价，只有逼着自己找到收入与需求的平衡点。

> 收支平衡与理财密切相关，没有一个人能逃离花钱的过程。花钱是一门学问，而会花钱的人在花钱的同时，财富仍能不断积累。

钱不会从天上掉下来，女人每天上班，然后拿到工资，将工资用在日常的生活中，再继续工作，继续领工资。这个过程如马拉松赛跑一样让人厌烦。只有少数人可以进入一个财富的快速通道——具备良好的理财习惯。

小张是"林妹妹"那般的美女，在同事眼里，她是娇羞温柔、细骨柔肠的典型。但对于刚来公司的小张来说，她没有那么多的时间去想自己到底有多美，因为对她来说，先得熬过这"入不敷出"的第一年，才能盼到加薪的日子。

虽然小张的收入在公司里面算比较少的，但是几个月下来，同事们发现，小张的日子其实很滋润，并不像和她一样刚进公司的那些"月光族"同事一样，小张该买的仍然会买，也经常看见她吃各种各样好吃的零食，更奇怪的是，她已经将明年去西藏旅游的钱存好了。

时间长了，大家便都了解了。小张是个精打细算、心思缜密的聪明女孩，而且非常时尚。这一切当然离不开时尚媒体的引导，小张对于那些流行的周报、杂志、画册更是比谁都积极，只要一有新的，她绝对第一个去买。去过她家的同事都知道，她家里有一大堆时尚杂志。

小张为什么这么喜欢那些东西？她可不是瞎看，而是有一定的目的，在小张眼里，这些东西是"适应时代的宝贝"，更是她省钱的秘诀。

如果把小张的刊物借来一看，就会发现上面有着一个个的"洞"，而这些被剪走的东西原来是"吃、喝、玩、乐"的优惠券、打折卡。在这里你会发现，无论是豪华饭店的抵用券、化妆品的试用券、还是保龄球馆的邀请券全都被小张搜集起来做了分类，并且最后都派上了用场。这就不奇怪为什么小张的钱包总是鼓鼓的，里面不但装着现金，还有这些各种各样的"高级钞票"。

一个人的信息不可能很全面，小张的QQ上还有很多和她一样的时尚女孩，她们互相之间经常互通有无。

小张有钱消费的秘诀是什么？正是精打细算的理财习惯。

如果具有精打细算的理财习惯，那么就有成为优秀理财者的潜力。

财富的差别其实并不在于现在你有多少钱，她有多少钱，而是一段时间内，你的财富是否在不断积累。女人都要去花钱，但是如果具备了精打细算的理财习惯，就会懂得如何去花钱。这样，财富就可以不断地积累，消费也会变成一种投资。

精打细算不是要女人压抑欲望，逼迫自己过"百元月"的生活，这是不能创造财富的，而是要女人通过良好的理财习惯，使财富不断积累。

有的女人只把梦想放在投机上，比如嫁给一个非常有钱的老公，让自己越来越有钱。其实如果没有良好的理财习惯，就好比自己的钱包上有一个大洞，无论怎样往里面塞钱，最后仍会陷入财务困境。

精打细算的女人，懂得如何利用手中的钱去规划生活，懂得如何在生活中省去不必要的花费。慢慢的，就会比那些只知道挥霍、不会花钱的女人懂得理财的实质，也会深谙财富增值的道理。她会将消费变成投资，只花了很少的钱，却源源不断地得到收益。

做一个精打细算的女人吧！你会在不知不觉中发现，财富的积累原来并不困难。

精打细算的女人不愁嫁

女人都认为，男人最为着迷的是女人的外表。实际上，现在的男人更希望自己的妻子是一个能够给予自己帮助的人。在金钱方面，他们希望找一个会理财的妻子来弥补自身理财方面的缺陷。很多男人天生不会理财，他们追求轰轰烈烈的生活，有着远大的理想、粗犷豪放的性格、不达目的决不罢休的精神，也因此不注重细节，缺乏韧性与细心。在理财方面，他们有时会像一个十足的赌徒，将财富凭着自己的意愿挥霍。这个时候，他们更需要用女人的精打细算弥补他们理财的缺陷。

某杂志做了一项调查"男人眼中的好老婆是什么样子"，某位37岁的工程师老董接受记者调查时表示：

"妻子给丈夫极大的帮助，要靠什么，非得是聪明吗？世界上哪有那么多聪明的女人，好女人都是精打细算会过日子的，只有这样，丈夫才能感觉到坚强的支持，才会有为家庭的和谐美满奋斗的动力。比如老公想创业，她会学学管理和会计，希望能帮助他解决问题。有这样的妻子，做丈夫的怎能不努力奋斗？"

和老董持同样的观点男性并不在少数。某位28岁的公务员也说出同样的观点："理想中的老婆是什么样子的呢？她不必漂亮，她应该稳重、踏踏实实、深谙居家过日子的道理，重要的是要精打细算。我的老婆就是这样一个女人，我粗心大意，不擅理财，但是我老婆弥补了我的缺陷。"

而一位还没有结婚的25岁研究生则是这样说的："在我看来，精打细算的女人大多为人低调、从不张扬，而且都心思缜密、有理想与追求。丈夫身处困境的时候，通过她们，也绝对能找到生活的方向，因为她们心中无时不装着丈夫，会想尽办法帮助丈夫渡过难关，而且这样的女人都很有耐心，娶到这种女人，绝对是男人的福气。

精打细算的理财习惯会指引着女人不断地完善理财观念，戒除那些不良的消费习惯，为家庭制定严格的理财计划，使自己成为家庭的支柱。它是个人理财成功的关键，也是家庭理财成功的关键，更是获得真正幸福生活的关键。

男人对女人外表不再着迷

有追求、深爱着家、精打细算过日子的女人，才是男人追求的对象，那种追求时尚的摩登女郎，好男人是不愿意娶回家的。

精打细算的女人最幸福

女人追求的幸福是什么，是美丽的外表，是事业上的成功，还是家庭的美满？这一切需要女人用什么去换取？让我们读一读这篇文章——《幸福的女人》。

女人的相貌可以普通，才华当然也可以普通，但是不能不会过日子。

会过日子的女人都是精打细算的女人，家庭的井井有条必须要靠她。日子是过出来的，要知道怎么去过。会过日子的女人，她能将家庭繁杂琐碎的事情计划得井井有条。哪怕很穷，因为有她，家里的一切仍然像模像样。

这样的女人，懂得珍惜家庭，是家庭的支柱。她知道相聚是深深的缘分，因此，她会把当下的生活当作唯一真正的生活，她会不断努力，去完善这个家，去深爱这个家。

这样的女人是幸福的女人，因为在她看来，她所做的一切都是幸福的事情，都是美好的事情。她有自己的事业，有自己的理想和追求，但是没有忘记家庭，没有忘记那是她坚强的支撑。

幸福的女人是什么样子？读了上面的文章会发现，会过日子的女人是最幸福的女人，而幸福的诀窍就是精打细算的理财习惯。

女人的精打细算是为稳定、长远的生活而考虑，而只有这样的生活才能称之

为幸福的生活，短暂的快乐时光不值得人留恋，如果仅仅把追求定格于一时的享受，那么大可以去不加节制的挥霍，但是那样只会落得一无所有。

精打细算的理财习惯，可以杜绝浪费，减少各项不必要的开支，获得个人理财与家庭理财的双向成功。

若能在生活中养成精打细算的理财习惯，也许现在的生活还是有些窘迫，但慢慢地就会发现，生活在一天比一天美好，一天比一天幸福。这种幸福是稳定的幸福，是不会随便失去的幸福，是最为完美的幸福，得到这种幸福的女人才是最幸福的。

化妆品购物有诀窍

爱美是女人的天性。曾经有这样一项针对男人的调查："你最不愿意和你的女朋友或妻子去哪里？"绝大多数的男人回答的是"化妆品店"。

如同男人总愿意讨论房子与汽车一样，女人聚在一起讨论的话题往往是化妆品与时装。这是上天给予女人的特权，也是每个女人都追求的东西。

做女人，就是要向这个世界展现出自己的美丽，所以化妆品走进了女人的生活，成了女人购物的重点对象，因为借助它们，能更好地点缀女人，但也是因为它们，女人不得不开始思考自己的理财方案，开始思考如何才能让自己美丽，但又不会带来钱财方面的困扰。

做一个美丽的女人，同时也应该是一个精打细算的女人，让自己美丽的同时，又是一位理财能手。

有的时候，我们精打细算地购买喜欢的化妆品，但不知不觉却陷入了某些购物陷阱中。

张小姐最近在某家网站上和朋友团购了一款国际著名化妆品公司的润肤霜。当初她看见这家网站上推出了"国际著名化妆品大陆网购团"的服务项目，并且网站承诺对销售出去的商品"假一赔十"。

张小姐购买的这款润肤霜市场价为850元，在这家网站上打了2折，只需170元，省去了680元。但是，张小姐还没来得及使用产品，和她一起团购的朋友就给她打来电话，说买的东西不对劲，好像被骗了。

张小姐这才发现，这款在网站上买的化妆品和市场上销售的正品有很大的不同，包装上的说明印刷粗糙，生产日期与产品上的编码也很容易擦掉。

随后，张小姐将买回来的润肤霜拍了照，并发到了这款化妆品生产商的官网上，该公司立刻做出了回应，原来根本就没有生产过这款产品，张小姐买的是不折不扣的假货。

看了上面的故事，我们会问，究竟怎样才能不落入假货的陷阱，并且能够真正地做到精打细算？其实这并不难，只需我们掌握相关的技巧即可。

化妆品购物秘诀

 再次回到商场中

随着网络的普及，很多人喜欢去网上购买化妆品。因为发货快捷、购买方便，所以网购成了众多女人的选择。但是网络购买也存在着一些缺陷，比如在一些非正规的网站上容易买到假货，不能在买的时候当场鉴别化妆品的好坏等。

直到现在，很多人认为，只有去商场买的东西才放心，虽然这样说有一定的片面性，但是相对于其他化妆品销售场所，商场还是最具可靠性的。

去商场买化妆品可以降低网购陷阱的风险，但是在准备去商场购买化妆品之前，要考虑一下商场的规模，最重要的是要看商场中化妆品区域的大小，因为往往化妆品专柜越集中，打折、促销等活动就越多，在这里购买比去专卖店购买可能省下一定的花费。

商场买化妆品窍门多

在商场选购化妆品要有一些窍门。比如，如果你准备买一款睫毛膏，那么可以先去柜台试用一下，然后去别的地方逛一会儿，等再回来的时候，你对这款睫毛膏的效果就有七八成的把握了。

 ## 大包小包任我挑

女人都希望留住自己的美丽，但是当看到自己喜欢的化妆品用完，或突然变质不能再使用的时候，只能再次拿起钱包，这时都会有或多或少的不情愿。

当你某个月的化妆品用量比较多时，就应该想一想怎样让买的化妆品用得长一些。这时，可以采用购买大包装产品的办法。在通常情况下，大包装的产品会由于减少了包装工序而在价格上更优惠。

某些化妆品的保质期较短，而且并不是经常使用，就可以选择购买小包装产品。比如彩妆类产品，它们的保质期本来就很短，开瓶使用后更容易变质，如果在变质前不能用完，只能丢掉，这样会造成一定的浪费。像睫毛膏，它的使用寿命只有6个月。

 ## 成为会员好处多

如今各行各业都喜欢采用会员制。这是一种商家拉近与顾客距离的方式，也是一种有效的促销方式。买化妆品也同样如此，成为商场或专卖店的会员，会在一定程度上提高所购买产品的实惠性，也可以得到很多意想不到的收获。

成为商场或专卖店的会员，在商场打折、促销的时候，和好朋友一起购买，按照各自的需要进行再拆分，可以选择那些优惠套装，还能得到很多赠品。

如果你成为商场或专卖店的会员，他们往往会在第一时间通知你最近的打折与促销信息，并能够为你提供丰富的产品咨询和良好的售后服务，在一定程度上为你所购买的产品提供了保障。

穿得漂亮更要省钱

衣服点缀着女人的生活，人靠衣装，穿得漂亮才能展现女人的魅力。女人与衣服是什么关系，女人对衣服有多重视，让我们读读下面这篇文章。

女人与衣服的关系是什么？女人爱衣服，这一点，天经地义。

女人挑衣服时候，心如细丝，挑的好似不是衣服，而是生活。安静、简陋的服装摊点，喧嚣、繁华的服装商场，磨砺出了女人的宽容。如果一件衣服废了，女人会买一件新衣服来作为对自己的惩罚，这或许正是女人对待自己错误的方式。

女人买衣服是装扮自己的生活，于是在服装店里，我们看见了女人不知疲倦的身影和清晰的足迹。

买衣服很费钱，对女人来说，为了买衣服，可以节衣缩食。因为穿得漂亮了，就可以得意，就可以迎来别人美慕的眼神，挥之不去的是一股优越感。

女人喜欢漂亮的衣服，不需要特别的理由。男人对女人的衣服很挑剔，正如他们对女人很挑剔一样。他们希望女人穿出衣服的境界和文化。但女人知道，对衣服的感觉需要很长很长的时间。很多女人一辈子都没有对衣服真正有感觉，因此她们不断地花钱去买衣服。

女人成了衣服的奴隶，而衣服也成了女人的遗憾，更是女人那逝去岁月的见证。

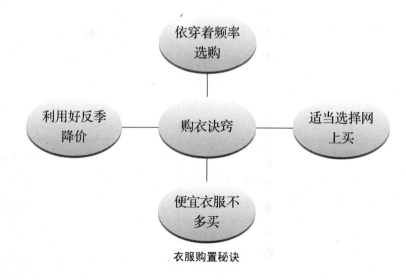

衣服购置秘诀

时尚漂亮的衣服是女人最爱，更是一种追求。每个女人都特别在意自己的穿着，也会把穿着上的花费看得很重要。

省钱而不抠门，节俭的同时又不失时尚，这是新时期女性的购衣原则，实质上也是精打细算的理财习惯。

要将女人的品位彰显出来，需要穿得得体漂亮，但得体漂亮并不是要花大把的钱去购置名牌衣服。买衣中有哲学，这里我们不妨借鉴一下购物达人们的买衣经验。

 ## 穿着频率为首要

很多女人在买衣服的时候，都会把休闲服装作为首选，而很少添置正装。理由很简单，这是个彰显个性的年代，休闲服装才会显得有个性，正装就那么几套，也不容易过时，多买没必要。

其实细细想想，对于大多数上班女性来说，一年中大约60%的时间都是在办公室里，买上班可以穿的衣服是利用频率最高的。很多女人愿意买晚装，不过你有没有想过，究竟会有多少时间可以穿着晚装。

对于运动装、家居服可以适当添置，但比例也不要超过30%。如果你按照这个比例来购置衣服，会发现置装费用明显降低。

运动装、休闲装价格便宜，但买多了容易过时。正装较贵，但是耐穿，所以不必过多添置。从长期的角度来看，购买正装的费用是远低于休闲类服装的。

 ## 反季降价巧利用

大型服装百货公司与专卖店在换季的时候，为了减少库存，都会举行打折与促销活动，对于那些不善于讨价还价，但是想淘到便宜货的女人来说，这个时候买衣服是不错的选择。

这个时候可以多关注一下正装与鞋子，因为它们不容易过时，这时能买到很多打折的品牌货，价格往往会是原价的一半左右，有些耐用的款式甚至可以穿上好几年。这样一来，一方面整体服装的搭配档次提高了，而且还非常划算。

但对于一些休闲服饰来说，在换季的时候不必大量购买，因为这类衣服往往今年流行，明年或许会很少有人穿。

对于一些爱好运动的女性来说，这个时候可以添置一些运动装，选择的时候重要的是穿得舒服，对于其他的要求可以降低。

 ## 适当网购很需要

对于网购，有些人持不屑的态度，认为在那里只会上当受骗。但我们不得不承认，在现在这个网络时代，生活中的很多事情必须和网络沾边，网购也正是因此而出现的。

网购有它自身的优势，我们平时不管去商场也好，专卖店也罢，就算换季清仓、打折促销得再厉害，衣服的价格中都包含了商家高昂的商铺租金和各种营业成本。网购之所以便宜，就是因为商家减少了这方面的投入，与其他购衣方式相比，价格自然会有所降低。

网购的窍门

网购之前，建议先去商场或专卖店逛逛，看到了中意的可以试穿，记下衣服的款式与型号，再上一些正规的购物网站购买。

 ## 购买便宜货要有度

女人都愿意买好看的价格又便宜的衣服，而且碰上这种衣服，往往会一下子买很多。结果月底一结算，会发现置装费用明显超标。

俗话说，花钱要花在当处，这告诉我们，不要因为贪便宜就随便买一些自己

并不很需要的东西，不仅没有捞到多大的便宜，还浪费了钱。

买衣服也是如此，因为图便宜，去街边一个服装小店，一口气买上七八件，细细一加，竟然花了不少钱。这样的衣服可能穿上一两个月甚至几个星期就会出现掉色、变形，钱没少花，衣服还穿不长。

女人要适当地买一些品牌衣服，这样的衣服在很多场合都能穿，不会很快过时，其实是很实惠的。

健身投资学会打折

随着生活节奏的加快，人们的精神压力也越来越大，健身成了一种缓解压力与调剂生活的有效手段。遍布于大街小巷的健身房，走俏市场的各种健身器材，是健身的时尚与流行的最好证明。

忙忙碌碌的生活，使得女性朋友们锻炼身体的时间宛如海绵里的水。"根本没有时间，又太累，怎么可能还有心情去健身。"这是很多女性办了健身卡却不能坚持的原因。

调查显示，很多女性都尝试过不同的健身方式。虽然也有为了瘦身而选择减肥茶、减肥药、肠润茶等，但这些东西吃多了，可能出现皮肤粗糙、消化不良等反应。大家公认运动是最好的锻炼方式，就是很多人没有耐性与恒心，不能一直坚持。

忙碌的生活让我们喘不过气，让我们变得越来越懒，面对开始臃肿的身体，女性应该采用什么样的健身方式，一劳永逸又省钱划算呢？

其实我们的生活也并不是总在忙，必须要给自己找一些活动筋骨、舒缓心情的健身机会。女性朋友可以办张健身卡，去健身房里锻炼锻炼；也可以买一些健身器材，放到家里，没事的时候用一用；走出家门，做做体操，散散步，同样也是健身的好办法。

下面我们来谈谈健身省钱的技巧。

```
                    ┌─────────────────┐
                    │   健身省钱技巧    │
                    └─────────────────┘
         ┌───────────────┬─────────────┬───────────────┐
  ┌──────────────┐  ┌──────────────┐  ┌──────────────┐
  │  健身房里要省钱  │  │  打造家庭健身房  │  │   重视休闲健身   │
  └──────────────┘  └──────────────┘  └──────────────┘
```

健身省钱技巧

 ## 健身房里好锻炼

去健身房锻炼已经成为一种时尚，有专业的教练指导，有众多的健身器材可以选择，大家一起锻炼也不会寂寞，这些原因使得健身房锻炼成为众多女性朋友的首选。

有的时候办一张健身卡，往往会花不少钱，为了省钱，可以选择购买转让卡。转让卡是已经被购买者用了一段时间的年卡或季卡、月卡。买回来可以用剩下的时间进行体验，对所属的健身机构深入了解一下，看看这里的健身项目是否适合自己，如果不适合，卡用完了就可以不再办其他卡，也不会被一家健身机构拴住。

另外，去健身房最好自带饮用水，因为很多健身房里卖的水都很贵，而且他们提供的瓶装水容量很大，并不适合运动时候饮用。在健身房穿的运动装可以去周边的小店购买，价格会比较便宜。

 ## 打造"家庭健身房"

很多女人愿意在家里健身，它并不需要占用过多的空间，买一些健身器材，只要采用合理的锻炼方式，努力坚持下来，也会取得在健身房里一样的效果。

在家庭健身需要购置一些健身器材，这是需要花钱的地方，但只要选择合理

为家庭选购健身器材时，不要盲目，可以购买一些简单传统的器材，比如跳绳、哑铃等，价格非常便宜，而且有多种锻炼方式。

的购置方式，并不会有过大的支出。可以根据个人的体质和锻炼方式选择一些价格合理的健身器材。对于条件一般的工薪阶层，可以购置一些中低档的健身器材，比如健身车、跑步机等。这些器材便宜、实用、占用空间小。

 ## 休闲健身最省钱

最省钱的健身方式是什么，当然是休闲健身。休闲健身就是所谓的健身生活化，将健身列为生活的一部分，在任何时候都可以进行，如果方法得当，和前两种相比，效果是最好的。

上班族女性大多都是乘公交和地铁上班，要利用好上班的时间，最简单的运动方式就是走路。可以选择在离公司还有一段距离的地方下车，这段走路的过程将是锻炼的一种很好的方式。

另外，其实做家务也是一种休闲锻炼的方式，有条不紊地进行家务劳动，比如做饭、扫地、洗衣服、收拾花草、整理书籍等，也可以在劳动中取得良好的健身效果。

休闲健身可以选择在任何时候，将健身运动生活化，是一种最实惠的健身方式。

 ## 装修砍掉多余花费

每个女人都特别注重家庭，崇尚家庭的美满和谐，拥有温馨的家，是女人奋斗的动力，更是永远的目标。

对住房的选择与装饰，体现的是生活的品位与追求的价值，更是一种对人生的理解。如果住房是基石的话，那么对居室的装修则是一种精神层次上的提高。

居室的装修能够体现我们的审美观，住在满意的居室里，看着周围的一切，会感到生活是如此美好，这更能激发奋斗的热情。

装修是每一个家庭都要面对的事情。但是一谈起装修的费用，我们往往会皱起眉头。其实在装修的费用中，有一部分是不必要的支出。只要掌握了省钱的技巧，就可以砍掉多余的花费。

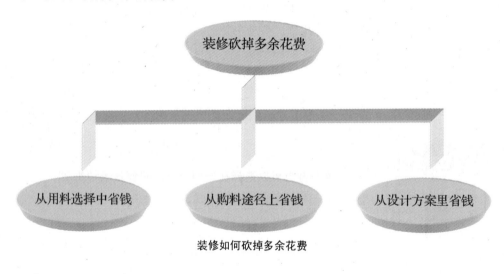

装修如何砍掉多余花费

 用料选择巧省钱

对于全面装修来说，首先要做的就是建筑装潢中所谓的"泥水工作"，这基本是硬性需求，不容易省钱，唯一能省的可能就是瓷砖钱。

我们可以在客厅、卧室之外的地方，铺防滑瓷砖，因为这种砖质量好，而且价格便宜；而客厅与卧室，则应该采用防污能力强的玻化砖。

关于用料，由于涉及专业方面的知识较多，很容易被商家欺骗，我们可以事先上网查一下相关资料，买一些普通的品牌就可以，各个厂家之间的同种装潢材料差异不是很大，所以没有必要买商家所谓的著名品牌。

买地板可以买品牌中的特价品，因为地板要长期使用。很多品牌产品会在节日期间推出打折促销活动，这个时候购买，相对于非品牌的同类产品会很实惠。

 ## 购料途径学问大

知道用料怎么选择了，更重要的是去哪买，这里是有不少学问的。买东西要货比三家，但要知道怎么比，不要跑来跑去，还是不知道哪样好。其实如果要比，去两个地方就可以了，一是有规模的建材超市，二是组合式的建材城。这两个地方的东西品牌货较多，质量上也有保障。

切记的是不要去一些小店买货，因为这些小店假货特别多，很容易掉进购物陷阱，虽然这里的东西便宜，但是难以分辨真假。

 ## 提前设计是关键

其实家庭装修，好的设计是最关键的，它能让钱用到点子上，避免不必要的浪费和返工。

找好设计师是装修成功的关键

家居装修，优秀的设计师会提供用料方面的好建议，分析各种材料的好坏，权衡设计方案的利弊，避免不必要浪费，从而节省装修费用。

在设计中，可以针对几种设计方案做对比处理，选择一套省钱又划算的设计，以减少相关装修项目的成本。

旅游中的理财策略

有的女人认为旅游是"败家"行为。她们在休息日里，喜欢在家睡大觉或者逛街购物，很少愿意去旅游。其实，旅游是现代生活的一部分，是调剂生活的美好方式，也是舒缓心情、排解工作压力的好办法。

旅游中我们最头疼的就是花费问题。旅游之前一估计旅游的花费，往往使得有的女性朋友望而却步，甚至打消出游计划。

旅游当然不是有钱人的专利，出游前精打细算，不但可以减少开销，而且也一样能全面地体会到旅游的妙处，得到完美的旅游体验。

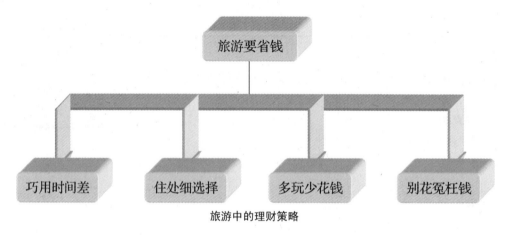

旅游中的理财策略

 巧用时间差省钱

我们都希望花较少的钱，又能够旅游好。这就需要利用好时间差，在时间上进行精打细算。

第一点就是出外旅游要避开旺季。任何景点都有淡季和旺季之分，选择在淡季旅游，不但门票价格会低一些，交通相对方便，而且由于游客少，景点旁边的饭店都会有各种优惠。仅此一项，淡季出游比旺季出游就可以减少大约三分之一的花费。

第二点就是要计划好出游的返回时间。这样就可以提前购票，或者同时购买返程票。一些航空公司出于揽客的目的，旅客提前预订机票可享受优惠，而且预订期越长，优惠越大。

第三点就是在旅游的时候，要精心计划玩的地方和所需的时间，把旅行日期尽量排满，争取在尽量短的时间内结束旅游。因为旅游的时候多待上一天，就会增加一天的花费。

 ## 选择住处有诀窍

住得如何是与旅行质量密切相关的事，在住宿上的花费也是旅游消费的重要一部分。如何才能住得舒服，花钱又少？

首先，打听一下要去旅游的地方是否有熟人，是否可以介绍去一些企事业单位或学校的招待所，或者可以住自己家乡在旅游地的驻地办事处。大部分的企事业单位的招待所和办事处，都仅限于接待与本单位有关的人，不仅安全性好，而且价格便宜。

选择旅馆的时候，要避开火车站、汽车站和所在地的繁华地段，因为这些地方的旅馆价格可能较高。可以去不太繁华的地段，或者离市中心较远的地方，这些地方的旅馆不但价格便宜，往往还可以打折。如今城市交通都很发达，住远一点也没什么关系。另外还可以选择快捷酒店、经济型酒店、静旅舍等，要多注意相关网站上提供的信息。

现在旅游景区附近的家庭旅馆越来越多。家庭旅馆不但价格便宜，而且住在里面，最能感受到当地人的生活。

 ## 爱玩不必多花钱

玩是旅游的主要内容，我们该怎样在玩上省钱呢？

旅游时要对所在的景区有个大概的了解，找出景区最具特色的景点在哪里，一定要去的地方又在哪里。在去玩的时候，可以直接去这些地方，其他的省略也可。观赏景点的时候也要学会筛选，对于一些到处都有、重复建造的景观就不要去了。

在旅游的时候，可以抽出一些时间去逛逛景区附近的大街，了解一下景区的风土人情。这是不需要花钱买门票的，而且可以丰富阅历，增长见识。

购物别花冤枉钱

在中国人传统的旅游观念中，旅游必须买点东西，这是旅游的纪念。因此很多人在"游"上花费不大，把钱都花在购物上了，这样做其实是不太值得的。怎样才能不花冤枉钱呢？

首先，尽量少买东西。东西买多了，一是不便于旅游，再则旅游区的物价一般都很高。尤其值得注意的是，不要买贵重物品。一些旅游区的商家会针对旅客流动性大的特点，拿一些假货和次品来冒充此地的珍品卖给游客。

当然，旅游也有必要买些物品，用来馈赠亲友或留作个人纪念。那么买什么好呢？一般情况下，只需买一些本地所产，自己家乡没有，价格不是很贵的物品。这些物品价格划算，又有特色，不失作为馈赠亲友与个人纪念的佳品。

出境旅游要注意

出国旅游前要了解所去国家的风俗、交通规则、忌讳、宗教信仰等情况，以免在旅游时因为这些造成不必要的麻烦。

让**女人**有钱
一生的理财习惯

第**3**章　女人网购省钱秘诀

网上购物便利，但是真假难辨，其中有做代理的店铺，有假信誉的店铺，如果不加辨别进行购买，不但买不到好的商品，价格可能比实体店还高。

 ## 网购前先学习方法和策略

当下，网上购物已成为我们生活中不可缺少的一部分。越来越多的女性喜欢在网上购买商品。

> 网购买东西不受地域和时间的限制

> 不出门就可以逛商场，既省去了逛街的苦累，也可以全然享受购物时的乐趣

> 网上商家由于省去了店面和雇员工的费用，东西一般比实体店便宜

网购的便利

要做到省钱省时间，对于初涉网购的人来说也不是很容易，因为网上商

城，特别是一些比较大的购物网，如淘宝等，不仅卖家多，买家也多。这样就不可避免会出现商品价格的不一致，同样一件商品会有很多不同的价格，而且价格差距也很大。有些买家常常被卖家的低价所迷惑，等到要拍物品时才发现运费远远高出别的卖家，把高昂的运费计算在价格上，买家并没有占到多大便宜。

所以网购也需要讲求方法和策略，女人要享受网上购物的乐趣，有必要先学习网购的方法和技巧。

 ## 搜索引擎要会用

许多白领、宅女们在淘宝上购物已经形成了习惯，甚至是依赖性的。一有购买的需求，马上就会想到淘宝，然后就会去淘宝上比较价格，再进行购买。即使不想上淘宝买，也会在淘宝上搜一下商品的价格再去商店讨价还价。

把想要买的商品输入搜索栏，马上就会呈现相关商品的价格，可以说是一览无余。你可以根据自己的条件，综合对比，选择合适的。

 ## 怎样搜索物美价廉的真商品

如果有充足的时间，可以将需要购买的东西列一个详细的表格，大致了解这些东西在超市中的价格，再从搜索引擎上输入你需要的商品，根据与市场价格的对比，选择一家商品价格比较便宜信誉度又好的商家购买。

案例

张小姐是个比较善于过日子的女性。她购买日常用品前都会列出一张购物清单，根据清单去超市了解一下价格。然后她会利用淘宝上的搜索引擎寻找自己需要的商品。张小姐不会去选择高得离谱的价格，也不会贪图便宜选择价格太低的商品。一般她会选择比超市便宜几块到几十块之间的商品。

刚开始张小姐也没觉得能省多少钱，可到一年以后算钱时，竟惊喜地发现一年下来节约了上千元钱。

当然，有好多人会嫌这样麻烦，不愿意浪费时间去商场问价格，就喜欢坐在家中从网上买东西。如果想省去商场问价这道程序，网购时就需要有一双火眼金睛，多比较多询问卖家客服相关产品信息。

大多数女人希望买到物美价廉的商品，网上商品一般能比实体店便宜一成、二成甚至更低的程度。但如果低价到了离谱的程度，基本不可信。

只要用心想想就能明白这其中的缘由，网上的卖家的确是省去了店面的费用，但这笔费用也许转换为给商品拍照、修图等费用，随着网络购物竞争的激烈，卖家为了图片的美观，不得不请专业的摄影师在摄影棚里拍照，这笔费用算下来不菲。

日常商品的价格和实体店的不相上下，所以不要寄希望于在日常生活中几百元的商品在网上花几十元就能买到，很可能你会买到以次充好的伪劣商品。

不要贪图便宜

知己知彼，百战不殆

购买前充分了解自己要买的商品的信息

想进行网购要有明确目的，要买什么，希望什么价位，选择的商品有什么重要特点，选择什么样的店面，商家的信誉怎么样，选择的商家的评价议论如何等，这一系列的问题都了解清楚才能更好地进行网购。

询问是一个不错的方式。可以找网友咨询，也可以查看网友们的回复。如果

买东西的时候如果有不懂的或者不明白的，去淘宝网打听版块打听一下就会清楚，这是一个对新手来说有必要去看一下的地方。

有了很多人的意见供你参考，这样购买就会放心很多，如果遇到可以帮你在店家打折优惠的网友，那更是意外之喜了！

你也可以选择淘宝上打听，淘宝有个打听版块，这个版块主要就是为买家服务的。在打听版块可以提一些问题，也可以回答，买家互相帮助，让买东西的人更加清楚自己要购买商品的信息。

 ## 购买东西的时候一定要向店主问清楚情况

在买东西的时候提醒广大女性朋友一句，要记得详细问询，问清楚东西的性能、规格、大小、质量、使用情况等，越详细越好，以免用很多钱买一件很不值得的东西。

别怕麻烦
问清楚每一个你应该注意的细节，别因为商品的价格便宜而忽视别的细节。

小霞是一名大学生，在大二期间开始用淘宝购物。有一次她在网上看中了一条休闲牛仔裤，当时特别喜欢那种款式，又比商店里便宜好多钱，一激动之下就买了一条。刚穿的时候还不错，等过了几天，洗的时候才发现裤子褪色严重，而且布料也不如自己想的那么结实，里面的线头在水的浸泡下都露了出来。

小霞很是生气，于是打电话询问店主，但店主告诉她这件衣服不能水洗，只能干洗，要怪就怪小霞买的时候没问清楚。

小霞顿感上当，一条裤子才几十元，要是不能水洗只能干洗，洗衣服的钱都够买好几件新的了。但是钱已经付了，评价也给了，只能吃哑巴亏，当做自己闯荡网购的宝贵经验。

从此以后，小霞买东西的时候都会问得很详细，同时也学会了把聊天记录保存下来，当做自己寻求保障的一个证据。

网购之前一定要了解信息，越充分越好，无论是要买的东西的信息，还是店家的信息，都尽可能地多得到。不要只贪图价格的便宜和图片上东西的漂亮，还要仔细和店主聊天，问清楚具体情况。手中掌握的信息越多，被骗的可能性就越小。

要尽可能地保留和店主聊天的证据，不出现纠纷还好，一出现纠纷，聊天记录可是维权的重要法宝。

买衣服网下试穿，网上购买

进入淘宝、卓越、易趣、京东等购物网站，分门别类的商品令人眼花缭乱，从儿童玩具、服装、家居用品到大型家电，几乎所有品牌和产品都能找到，价格相比较而言还很低。

但网店的产品只有说明外加一些图片，特别是衣、帽、鞋等一些穿用的商品，无论是材料、做工，还是穿着的合体与舒服程度，都没有规范的标准，如果买回来后却发现这些东西自己穿上不合适，就要去给店主协商更换，更换需要花费邮费也浪费时间，有的人就懒得换了，可买东西的钱就相当于白白浪费了。

一些聪明的姐妹就会实体店里挑选商品，试穿或试戴满意后记下货号，再去网上选购。这样就减少了买到不满意的物品的风险，也省下了钱。

一般而言，同一品牌的商品，在网上购买的价格比商场标价要低好几成，在商场里试穿试用再到网上订购，不但能享受试穿的乐趣，还能省下不少钱。

 ## 拒绝代理更省钱

淘宝上的店铺只能用目不暇接来形容，同一个商品会有几百家店铺都在卖，其实这几百家店铺中有大部分是代理。

什么是网店代理?

　　某些提供网上批发服务的网站或者能提供批发货源的销售商,与淘宝网店达成协议,让其成为代理,并为其提供商品图片等数据,而不是实物,代理只要把产品数据上传到自己的网店,以代销价格卖出商品,从中获得提成。网店代销人在该过程中看不见所售商品。网店代销的售后服务也由批发网站行使。

　　网店代理能让创业者们零成本创业,所以已经有很多人加入网店代理大军中了。但代理的东西有时连店主自己都不敢保证质量,售后是否有保障,更是说不清楚。尤其是一些名牌的产品,代理的居多,像阿迪、杰克琼斯之类的,让你简直不敢相信这些高端消费品在网上竟然是遍地开花。当然其中假冒的居多,这些店的价格很有诱惑力,一件在商场里需花费几千元的东西,在网站的店铺里竟才要几百元。这时你要尽量找一些厂家淘宝,而不是去选择代理商,以免图省钱却买到假货,最后竹篮打水一场空。

　　代理的东西识别起来也容易,你可以把商品的编码复制下来,再到引擎上重新输入一次,就会发现里面的照片也好,简介也好,大都内容一致,有区别的只是电话号码和店主的网名。

货比货,淘好货

　　其实很多时候,女性买东西买的就是一种心情,找到一件中意的物美价廉的商品,心中的喜悦是不言而喻的。

　　在我们的日常生活中,大多数女性去商场购物都喜欢挑了又挑,选了又选,同一件衣服在不同的商场要多看几次,无论从价格上,还是质量上都要比对一番。这样调查市场行情是很有必要的,不但可以让自己更了解要买的东西,也能在和店主砍价的时候多一些筹码,为自己增加一些谈判资本。

网上的商店林林总总，良莠不齐，如果不比较一番你还真可能一不小心上当受骗。所以同样一件东西多找几家店看一下，得出其中的差别，选择一个合适的。

王琳是一个典型的网购迷，她有自己的一套方法，无论什么商品，只要愿意，她都能很快地了解，并拥有像专家一样的知识。

前些日子，弟弟托她买一款psp游戏机。她对游戏机不太了解，但一口应允给弟弟买一个既便宜又好用的游戏机。

她先在网上搜索了这款机子的功能特点和平常价位，并复制了其中的一些说明性的文字。然后轻松地打开淘宝，输入需要的商品名称。网上一下出现上百条买家信息，她选定了六家信誉比较好的商店，用阿里旺旺和其中的一家聊了起来。

王琳聊天也是很有技巧的，她先是告诉店主自己对这款产品不太了解，希望店主把这款游戏机的主要特点告诉自己，店主为了揽生意，会和她详细攀谈，告诉她这款产品的最大优势是什么，什么样年纪的人在玩这种东西，是哪个公司首先推出的等。等店主讲的差不多的时候，她就会说先考虑一下。然后进入下一个店面，进行同样的询问。

等到和第三个店主谈完的时候，她已经在这方面很专业了，和弟弟通电话的时候，提到一些名词连弟弟也不知道。

这时，她才运用自己刚刚了解的知识开始了真正的谈判，最终以很低的价位淘到了产品，并且得到了其中一个店主的夸奖，说她是比较专业的玩家。她弟弟拿到满意的psp，又听说是一个很优惠的价格时，对自己这位不懂游戏机的姐姐佩服得五体投地。

 购货的时候，最好选择近地点

网购时最好选择同城的店铺。因为同城卖家有一个很大的优势：距离近，运费便宜。

尤其是一些很重的东西，如果是外地卖家，价格上也许能便宜一些，但运费会让你"头大如斗"。同城的路费就相对很少，有时候甚至不收钱。所以价格相差不大时，何不找一个近距离的卖家为自己省下点儿资金呢。

同城的卖家不需要很长距离的运输，所以在时间和运费上都能省下不少。

王丽是典型的网购族，闺密小敏的新婚马上就要到了，可王丽还没有给小敏选好礼物。突然她想起小敏最喜欢十字绣，于是她决定在网上定购一幅十字绣作为新婚礼物。

她选定一幅百年好合的中式图画，和店主谈好以560元成交，但发现运费需要20多元，这才注意到店家是广东的，而小丽和小敏都是山西的，最快也需要两天的时间才能到货。她心中有点儿焦急，店主也是好心人，帮她联系了山西当地的一家店铺。

当天下午王丽就收到了店家寄来的货，因为是同城，所以运输很快，运费方面，店家得知是送给朋友做新婚礼物，也给免了。

第二天也就是小敏新婚的日子，王丽把礼物送给了小敏，小敏很是开心。事后王丽一算省了几十块钱，而且也节约了很多时间，她很开心。

 购物小心图片陷阱

在比较相同商品的时候，一定要多注意店主上传的图片。不同的店主，一种商品却是不同的价格，而且差价从几元到几千元不等。所以购买东西时一定要就图片上的一些细微之处和店主多交流，弄清楚东西到底是真是假。

还有一点要注意的是，对于实物拍摄，有的店主只是对图片简单做了一下处理，有的店主却对图片做了大幅美化，结果收到货物时，买家就会发现实物与图片有着很大的区别。

也有一些店主给图片加上水印以彰显自己的独具匠心，无论是电脑上截取的图片还是店主自己拍摄的图片，善良的女性同胞一定要发挥细节功夫，打破沙锅问到底。

 要学会砍价

在现实生活中商家最怕女性砍价，尤其是衣服方面，稍微一点儿瑕疵都逃不过女性的火眼金睛，只把商家砍得含泪甩卖。在网上购买东西也需要这种一砍到底的精神。俗话说没有一锤子的买卖。无论你买什么商品，一定要砍价，无论卖家怎么推辞，最后大都会让一步的。

比较狠的砍价方式是：这个50元，卖不卖，不卖拉倒，走人。如果卖家听到这样的说辞还不肯让步的话，就让他在邮费上给打个折扣。

在与卖家砍价的时候，还可以免费多索要些赠品，这些赠品很可能有你喜欢的。

王太太就是一个鲜明的例子，她不仅在商店中砍价有很高的水平，在网上经常能把店主砍晕。

她会根据物品照片或者简介，挑一些细微的特点当做重点和对方砍价，往往能砍下来不少。王太太不仅能砍价，就连和同事在一个网店里用同样价格购买的衣服也能比同事多拿一些精美礼品。她经常说网购图的就是优惠，想优惠就要多砍价，要不怎么能得到实惠呢。

 网上团购更能省钱

团购越来越受到女性的青睐，以前没有网络的时候女性们喜欢结伴去买东西，如果某个人结交的朋友姐妹们多，往往一起交流探讨，最后一齐奔向商场，组团向商场砍价。这样，结伴购买既可以购到满意价位的商品，也能交流经验，让大家更有心得体会。现如今，信息时代的到来和商品经济的发展让这种情况越来越少见，而网络团购就在这种情况下应运而生。

团购折扣的幅度可以达到二至三折，甚至更低，卖家薄利多销所以可以将更多的利润让给买主，这无疑能让购买者享受到更多的优惠。选择团购也是能让自己在网上省钱的一大途径。

现在越来越多的女性喜欢上团购，团购自然有它的好处，大家一起在网上购买，会有很大的优惠。商家也喜欢团购，毕竟能帮他们加快资金的流通。所以团购对经常上网购买东西的女性来说，是一个很好的选择。

团购能让买主得到的实惠一般有以下几项。

价格优惠

为什么团购能获得低价商品呢？原因是团购其实和批发相差无几。参与团购的买主形成了一个大批量购买的团体，无论是运费上还是服务上都能让商家有很大的利润空间，所以店主也乐得让一部分利润给买家。

十一不但是国庆节，也是结婚的好日子，和小雪一个小区的邻居在十一期间结婚的就多达十几对。这十几对新人房间里那木质的漂亮小圆桌竟然都一模一样。

难道这么凑巧，他们都选择了相同的桌子？原来小区的张燕和小雪是好朋友，张燕也要结婚。两个人在网上挑选结婚物品时，张燕在淘宝上发现了这个漂亮迷人的桌子，上面的图案和木材质地的介绍让她大为满意。

小雪也很是喜欢，可一看价格两人就有些傻眼，一张桌子2100多元，在和店主谈的时候价格怎么也降不下来，在两人就要放弃的时候，店主无意间一句"如果多买的话就可以打折优惠"又让她们重新点燃了希望。

小雪眼睛一亮，她知道这个小区到十一结婚的人很多，而且自己也认识不少，于是她和张燕决定动员各自认识的好友，把小区里其他准备结婚的人也联系起来，看能不能搞一次大团购。

因为是新婚要买的东西，而且小圆桌的确很漂亮，价格要再优惠，是很吸引人的，所以小雪和张燕没费多大口舌就把好友们说服了，最后除了几个不太熟悉的人之外，大家都同意购买。小雪还告诉大家桌子是以原价7折的优惠价格买的，在买到桌子的同时，邻居之间的关系也更好了。

提升买家地位，享受更多优惠

团购在现实生活中是集合大家的力量，无论认识的还是不认识的，只要大家有共同的需求就联合起来去和店家进行砍价。从商家的角度来说，团购是采取薄利多销的方式出售商品，能加快资金的流通速度，商家不会轻易放弃一个很大的客户，毕竟他不会希望大宗交易量的流失，所以他会竭尽力量维护交易的成功，

为此提供更多更满意的服务。这是商家参与的重要原因。

在网上进行团购不仅可以得到价格上的优势，更能把买家提升到一个主动地位。在买家最关心的质量和价格上，团购也使买家有大谈特谈的可能。买家能在购买中占据主动地位，真正地购买到质优价廉的商品。

 ## 能节省宝贵的时间

如今的社会是一个网络时代，更是一个商品时代，琳琅满目的商品让人感到无从下手。面对这些让人眼花缭乱的商品，真难倒了平时不常在网上买东西的女性，尤其是时间比较紧迫的白领。在这种情况下，团购给这些女性提供了一个很好的平台。

 ## 通过购物返现获得优惠

还有一个很好的省钱途径，那就是登录一些返现网站购物，会得到一些现金折扣。

什么是返现?

返现来自于卖家支付给网站的推广费用，更通俗的说法就是广告费用! 网站为了保持或提高关注度，把推广费分享出一部分回报给买家。

在网上有很多返现的网站，基本上可分为两种。一种是给买家消费积分，到最后积分可以兑换精美礼品。还有一种就是网站直接返给买家现金。虽然每次返的不多，但长时间的积累，也能给物价日益上涨的今天减少点负担。

张小姐平时工作比较忙，没有很多时间处理一些日常杂事，但是上网方便，所以她常在网络上购买物品或者交水电费。在一个偶然的机会，她发现一个返利网站，一般能拿到十分之一的购物金额的返现。在一些价格相当的条件下，她当然是更倾向于网上返现。

张小姐谈到自己的经验时说道："以前没注意到返现的网站时，每买到一些优惠的商品时就觉得很满足，感叹自己的运气好，现在可好，每次通过返现网都能得到很大的优惠，还能获得返利。现在我一直用返现网站，一个月下来能节省平常开支的12%左右。"

张小姐对自己的选择很是得意。她感觉这是一种很好的理财方式，也希望自己身边更多的女性朋友去尝试。

采用"秒杀"购物

现在网络中越来越流行"秒杀"一词，何为"秒杀"？这是一种在网络中购物的竞价方式，一种热门商品以低价放到网上，很快就被抢够一空，时间很短，有的时候只有几秒钟，所以称为"秒杀"。

这种现象的出现和低价有很大的关系。例如小娜在网上经营一个很精美的首饰店，在每次上货的前几天，她都会把样品图片放上去，刚开始一批价格定得不会太高，在上货的前些天广告已经做足，等到货品真上架时，那些等待已久的买家们就以迅雷不及掩耳的速度进行"秒杀"。

所以如果你能在网上遇到这样的店铺，该出手时就出手，就算不喜欢也可以转手再买，得到一定的利润，既能享受一下抢夺的乐趣，又能赚钱，何乐而不为。

网购省钱六个简单易行技巧

网购省钱方法有很多，但是有一些简单易行的技巧，女性朋友要学会使用，如果你细心研究，还能琢磨出更多优惠的技巧。

常逛消费者社区

在淘宝购物时可以多浏览淘宝消费者社区。新手买家在这里可以学习一些基本的操作程序，掌握一些淘宝的基本知识。而且社区里经常会发布淘宝推出的一些有奖活动，或许在这里你会有意想不到的收获。另外社区经常出现一些名牌厂家的促销活动，你也许能正好碰到自己需要的东西大减价！

 用现金红包省钱

新买家消费达到一定金额时会得到些抵价券或者现金红包，相比较而言，现金红包要比抵价券有更多的利用价值。在网上购物时间长了大家就会明白，用抵价券能买的东西往往价格很贵，这只是商家促销的迷惑手段。但是现金红包用处可就大了，它可以用在任何一个需要购买的商品上。

 逢年过节不可错过

节假日不仅商场里有促销减价活动，网上也不例外，网店店主们也会想尽办法利用节假日来推销商品，这时候如果去购买，常常能省下运费或者得到礼品，如果和店主详谈，给你再打个折也说不定。

 选择新开张的店铺

新手卖家的服务态度一般要好得多，而且也好说话。因为店铺新开张，得罪顾客的事他是不会干的，所以这时候你在享受自己是上帝的同时也可以尽情地压价，很可能会得到礼物或者更多的减价幅度。

卖家因为新开张，商品的价格上一般不会很高，而且会有很多的促销活动，甚至有多购多赠的情况出现，如果遇到这种情况，可千万不要错过！

 善于利用优惠卡

淘宝中的优惠卡主要分三种，从最高到最低分为钻石卡、白金卡和金卡。

淘宝大部分店铺都支持优惠卡，你到支持这些卡的店铺去购物，会大大节省费用。有些店铺不支持优惠卡，如果你在这样的店铺里看中了某件商品，也不要沮丧，利用搜索引擎查找，看看还有哪些店铺在卖同样的商品，你总能找到一家支持优惠卡的店铺。

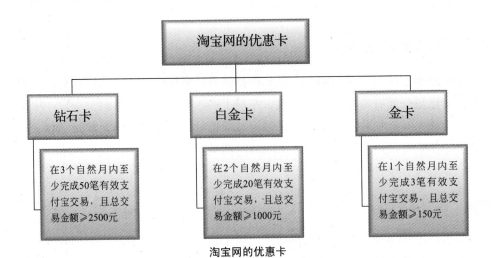

淘宝网的优惠卡

钻石卡
在3个自然月内至少完成50笔有效支付宝交易，且总交易金额≥2500元

白金卡
在2个自然月内至少完成20笔有效支付宝交易，且总交易金额≥1000元

金卡
在1个自然月内至少完成3笔有效支付宝交易，且总交易金额≥150元

淘宝网的优惠卡

第4章 金银饰品消费攻略

随着社会的发展，金银饰品越来越受到女性的青睐，它如同陈年老酒，时间越长越散发芳香。它究竟有着什么样的魔力，让无数的女性对其爱不释手？我们该如何真正地认识它？

女人的"金银情"

金银饰品的历史可谓源远流长。从粗糙简单到丰富多彩，历经了漫长的过程，在这个过程中，自然少不了广大爱美女性的功劳。

女性自古就与金银饰品有着不解之缘，无论是日常的装饰，还是男女之间的定情信物，这些饰品起着不可替代的作用。

金银饰品不仅能彰显高贵，而且戴在身上环佩叮当，璀璨夺目。如花的女人怎能不愿把自己的美丽用高贵与漂亮的金银饰品来点缀？

女人如花，饰品如叶，再美丽的花儿也需要绿叶为其点缀方能不显单调。而如花的女人在众多的饰品中往往更倾向于高贵典雅的金银饰品来装扮自己。

"细节决定成败"

"细节决定成败"是颠扑不破的道理。对女人而言，细节体现在对衣服的穿着搭配上，饰品在这里占了很重要的地位。

饰品在人的整体形象上就像是锦上添花，让美丽更增添了几分生动。任何服装如果缺少了饰品的装点，就像是一幅没有完成的残缺作品让人遗憾。

王太太要陪老公去参加重要的一个商务宴会，老公希望她打扮得漂亮得体一些，去和那些商家的太太们打好关系，以进一步开展业务往来。

王太太是那种不太注重细节的女性，得知这次宴会很重要，就开始刻意打扮起来。她衣柜里有十几套衣服，用于正式宴会的也有好几套。不过等她试了个遍，老公还是觉得不太满意。她问老公哪儿不合适，老公又讲不出所以然来，她自己也是觉得有一些地方显得别扭，但又找不出毛病来。这时王太太想到了她的好友李晴，李晴是搞形象设计的，王太太觉得李晴一定有办法。

于是她拨通了李晴的电话："你现在能过来帮我一下吗？老公让我陪他参加晚宴，我都试了三套衣服了，怎么打扮也不合适。"李晴在电话中爽快地答应了。

见到李晴后，她迫不及待地让李晴给选件衣服，李晴随便让她试穿上一件后就明白问题在哪儿了："你口袋的尺度有点儿长，上面加一个挂饰效果会很好。上衣的底部也要加一个纽扣，再则你的手腕处的衣袖较短，露出的手腕加个手链就不会太单调……"王太太有点儿傻了，她不知道这些小东西能起什么作用，不过听起来还有点道理。于是她让李晴帮她，缺什么就加什么。

李晴不愧是搞形象设计的，根据王太太稍有点粗的手臂选择了一条细细的银饰手链，装饰手臂又不显突兀，颜色也很搭配；又在其上衣空处别上一根插针，让人看起来不显得单调。

短短的几分钟，王太太再照镜子的时候，脸上露出了满意的笑。王先生也感觉这样去参加宴会将很得体。

果然，王太太的一身装束在宴会上取得了很好的效果，那些太太们都夸王太太有品位，还有好几个人准备拜她为师学习搭配方面的知识呢。

懂得用细节装扮的女人才算得上有品位的女人，一条手链、一枚胸针，不经意间让女性在举手投足间释放迷人的魅力。

女人是感性的，希望追求美好的东西。金银饰品总让女人为之痴迷，每个女人都希望拥有金银饰品，因为它更能让自己的美释放，能让自己有个好心情。但男人们往往不理解女人的这种做法，常说女人是物质的载体。可是，亲爱的男人们，你们不要忘了，女人爱饰品，并不只是因为饰品本身的价格昂贵，而只是因为她们都爱自己、爱生活，向往美好。你们不要忘了在她们心底还藏着要为心爱男人展现美丽的一份痴心，她们渴望用昂贵的饰品来把自己最美的一面展示给心爱的人。

让女人高贵的黄金首饰

黄金首饰的历史源远流长，灿烂辉煌。自从20世纪80年代以后，随着社会经济的发展和人们的生活水平的提高，黄金首饰越来越广泛地走进平常百姓的日常生活。

市面上黄金首饰可谓是五花八门，但细细划分，无非有纯金和K金两类。

纯金首饰

纯金又称足金首饰。俗语讲"金无足赤，人无完人"，纯度最高的黄金也只能达到99.9999%，这种金在首饰店中极其少见，主要是用来做标准试剂。

首饰店里出售的纯金首饰主要有两种，纯度为99%的"二九金"与纯度为99.99%的"四九金"。

纯金的最大优点是不褪色，始终保持金黄色。纯金的缺点是质地很柔软，容易变形，用牙咬可以出现痕迹，不能镶嵌其他物品，所以关于纯金的款式不容易翻新，样式品种也因此较少。

纯金首饰手感较沉，小巧精美，价值很高，是女性理想的保值物品和装饰品。

K金首饰

足金首饰价格较为昂贵，K金则能让你既美丽又经济划算。

K金是karatgold的缩写，就是在黄金中加入锌、银、铜等金属来增加其强度和柔韧度。K金有24K、22K、20K、18K、14K、12K、9K之分，也就是按其中的含金量来区分，每K的含金量为4.166%，常见的是18K（含金量75%）和14K（含金量58.5%）两种。

由于其他金属加入的比例不同，K金的色调、硬度、延展性等性质均有很大不同。由于不如纯金用金量多，所以用它做成的首饰价格较低，而且不易磨损和变形，又可以调配成不同的颜色，和宝石一类的贵重物品结合起来更加容易，也更能增加美感。因此K金属于黄金饰品中的主流。

```
          ┌─────────────────────────────┐
          │  K金品种繁多，令人眼花缭乱   │
          └─────────────────────────────┘
```

白色系列的K金首饰	红色系列的K金首饰	黄色系列的K金首饰
又叫白K金，印记一般均标有WG，白色中略带青黄	又称玫瑰金，质地主要是黄金和铜，再加入少量银，颜色呈淡红色	又叫黄K金，是黄金与银、铜等金属融合而成
有以黄金为主和银、镍、锌组合的合金，有以黄金和钯为主，再加上铜、镍、锌组成的合金		黄色K金颜色的深浅，与银、铜的含量有关。金含量越多的首饰颜色看起来就越黄

K金首饰

如何区别纯金首饰和K金首饰

K金的硬度比足金硬，足金越纯越软，用牙齿可以咬出痕迹，而K金则不行。K金物品落在地面上，有很强的反弹性，而足金物品落在地面上，不会出现这种现象。

让**女人**有钱
一生的理财习惯

熠熠生辉的铂金首饰

谈到金首饰就不得不重点讲一下铂金，因为它熠熠生辉的白色深得女性的喜爱。

铂金的天然白色金属光泽自然优雅而又含蓄，且富有质感，适合镶嵌任何宝石。

铂金首饰易于搭配服装，同时高纯度的稀有铂金是最适合表达爱之永恒的贵金属，所以铂金已成为女性的最爱之一。

成吨的矿石，经过一百多道工序，耗时近几个月，所提炼出来的铂金仅能制成一枚数克重的简单戒指，被著名设计师路易斯卡地亚称为"贵金属之王"！

Pt是铂金的标记，世界上仅南非和俄罗斯等少数地方出产铂金，每年产量仅为黄金的5%，所以铂金是世界上最稀有的首饰用金属之一。

铂金的价格为什么高于黄金?

铂金是一种比黄金更稀有的金属，每年铂金的开采量只有黄金的5%，此外加工铂金也需要更高的工艺水平，因此铂金的价值高于黄金。

铂金的一个很重要的特点就是抗氧化力强、熔点高，因此还被用于制作太空服饰。同时铂金作为催化剂，也被应用于汽车排尾净化装置。战争时期，铂金还具有很重要的军事用途，美国政府曾一度禁止铂金的非军事用途。

一定要分清白色K金和铂金

铂金是一种天然白色的贵金属，其价值远较白色K金高。

白色K金实际上是一种合金，由黄金同其他金属融合而成，其中黄金含量最多为四分之三，时间久了，它的白色非天然本色可能会褪色或露出黄色斑驳。

另外，白色K金在纯度、稀有度及耐久度上，都无法与铂金相提并论。

购买金首饰时如何区分真假

自古以来，黄金最重要的用途是作为货币使用和储存。我国是世界第三大黄金消费国，国外分析机构认为在未来的几年可能超过印度，成为世界最大的消费国，其中首饰就占黄金制品总量的一半。对于普通大众来说，黄金最主要的用途是做成首饰供佩戴、收藏，而金饰产品的价格又很高，所以区别首饰的真假非常重要。

查看印记

黄金属于贵金属，在我国有标准规定，贵金属饰品都应打有产地、厂家、材料和含量印记。金属制品中含金量的多少用K来表示，足金为24K，含金量达99%；18K的含金量为75%。

根据标记上的字样，就能清楚知道首饰成色如何，无印记产品为不合格产品。买家可以根据印记购买自己需要的品牌和不同含金量的黄金饰品。

重量比较

黄金密度大大高于仿金制品的密度，当把黄金放到手中时，会有一种沉甸甸的感觉。体积相同的黄金约是白银重的1.84倍，是铜的2.2倍。

 测试硬度比较

纯金比较柔软，双手用力可以使其变形，用别针可以划出痕迹，且痕迹比较清晰，假的比较模糊或者划不出来，用牙咬会有牙痕。

 听其音质

将金首饰扔在坚硬的地上，假黄金的声音清脆而无低沉的感觉，一般是"当当"的响声，而且还会有余音。真黄金落地时跳动程度不强烈，且真金发出的声音低闷、沉重，而且没有余音。

 如何区别真金首饰和镀金首饰

镀金首饰的外表颜色与真金的外表颜色不一样，镀金首饰发红，缺乏黄金颜色，所以从外表上看就能区别。

镀金首饰主要是用黄铜材料做成的，表面上再镀上一层薄薄的黄金。因为材质坚硬，不容易冒充足金，但有人冒充18K金出售。

 如何区别黄金首饰与黄铜首饰

黄铜与黄金相比，黄铜略显轻了些，而黄金则有很强的沉重感，放在手中会有压迫感，因为黄金的密度是黄铜的2倍多。黄金的颜色越黄，成色就好，如果红的偏多，则含铜杂质就高；要是偏白的话，则含银杂质偏高。

 如何区别白金首饰和镍首饰

这也要从两者的密度来看，白金的密度是金属镍的3倍，重量感有着明显的不同，金属镍也是白色，不氧化，外表和白金材料的颜色很像。

 如何让金饰品"长久靓丽"

有的女性发现金饰品戴了一段时间就发污变色了，因此又去买新的。但是不断买新的并不是有效解决之道，喜欢纯金饰品，就要懂得保养它。金饰品就像花儿一样，只要用心呵护照顾，就会长久亮丽如新。

 ## 金饰品为什么变暗

黄金与其他物质的化学反应并不是很活跃，但佩戴仍需要特别小心。如现在一些水经过处理含有氯离子，黄金如果长时间泡在这样的水中颜色就会变黯。

人体的汗液也会导致金属变色。人体汗液中的一些物质与黄金首饰中的银和铜接触后，会产生一些化学变化，生成深黑色的化学盐。

在较干燥的环境中，空气中会含有的细微尘埃，它们可以把黄金首饰磨蚀出极细微的表面坑点，从而出现局部黑色污点。

漂白剂中含有大量的化学成分，易与金属发生反应，会使黄金变色，而且不易恢复。

去打理头发的时候，特别是烫发和染发，要记得摘下项链或耳环等金饰。因为染发或烫发时使用的化学药水，会影响金属光泽，使金饰变得黯淡。

有一些化妆品如果涂抹在黄金首饰佩戴部位的皮肤上，也可能给黄金首饰带来不好的影响。

 ## 保养金饰品

注意这些细节以后，我们还需要每隔一到两个星期清除金饰表面的尘埃及污垢。可以用软毛刷蘸清水稀释后的肥皂或洗手液擦拭饰品表面，清洁后以棉布擦干或让其自然风干。

如果发现以上情况不能使金饰清洁，那就要把饰物拿到珠宝店用专门的机器进行清洁。

存放金饰的时候最好用软棉布包好再放进首饰盒，以避免首饰之间互相摩擦而损坏。

 风情万种的银饰品

世界白银协会总裁曾经发表题为《世界白银市场的发展趋势》一文，文中指出，白银首饰、银器具、银钥匙扣等白银饰物在中国都有着巨大的发展潜力。

白银价格是黄金的几十分之一，所以在首饰设计中材料成本几乎可以忽略不计，正因此能用白银设计出许多夸张、超前、豪华的首饰来满足经济能力有限的年轻一族。

总的来说，市场上的银饰品大致可以分为两类。

 ## 足银首饰

含银量千分数不小于990的称足银，纯度最高，也是银饰品中较有收藏保存价值的。但由于其质地过于柔软，容易磨损和氧化变色，故而不太适用于首饰制作。一般用于制作传统的童锁、童镯和老人手镯等。也有人偏爱于纯手工制的首饰，不惜花高价购买、收藏。

 ## 纹银

纹银也称"925银"，纹银一般是用92.5%银加入7.5%铜混合而成，是国际上做银饰品的标准银。由于掺入了其他金属，光泽、亮度和硬度都有所改善。其制成品光泽比足银更加美丽，因此经常用作首饰材料。它与足银有所不同，足银非常柔软难以做成复杂多样的饰品，而纹银却能做到。

纹银首饰经过处理后具有了一定的硬度，能够镶嵌宝石等贵重品，做成中高档首饰，同时也呈现出特别漂亮的金属光泽，所以越来越受到消费者的喜爱。

佩戴银饰对身体有益处

纯银饰品因其拥有的那或质朴或张扬的个性,成为年轻女性喜爱的饰品。越来越多的年轻女性喜欢佩戴各种款式的纯银饰品。纯银饰品不但可以去毒,也有着"绿叶衬红花"之妙,寂静中显出高贵典雅。其实佩戴纯银饰品除了美观雅致以外,还有很多好处:

(1)银制品会释放一定的银离子,激发人体的潜在能量,对人体有祛病强身的功效;

(2)人的身体每天都会排放出一些"毒素",银饰可以吸收这些"毒素",这也是有些人佩戴的银饰变黑的原因。

购买银首饰时如何辨别真假

相比较黄金而言银饰不算贵重,掺假银饰这种现象也不是普遍存在,但我们还是应该提高警惕,掌握一些鉴别银首饰的方法,以免上当受骗。

有些不法厂商在银饰品中掺入镉、铁等更便宜的金属来牟取利益。众所周知镉对人体是有危害的,但为了降低成本,取得更高的利润,很多生产厂家也是昧着良心生产。

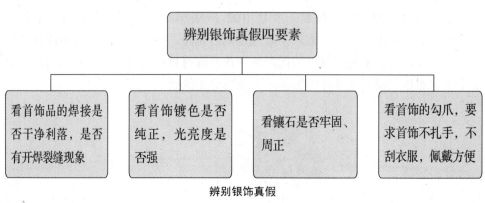

辨别银饰真假

 ## 真银颜色细腻、有光泽

银饰的颜色越洁白就表示其成色越高。真银细腻、有光泽。假的银首饰色泽灰暗、不光洁,如果含铅,首饰会显露灰色;如果里面有铜,首饰表面会显得粗糙,颜色没有润泽感。

特别提示

"S"是银的英文单词的首字母，"925"则是纯银的标志。国家规定银首饰的含银量必须准确标明，选购时应仔细查看首饰上是否有"S925"标识。如果有"S925"就可以放心购买。

 测试硬度

可用针类东西划动进行测试，如果下针光滑，表面不会留下痕迹，就可以判定为铜质饰品；如果为铅、锡质地的，则痕迹会很明显；如针状物留有痕迹而又不太明显，便可初步判定为白银饰品。

铝质比较轻，银质稍重，铜质介于两者之间，因而试其轻重可对其是否为白银做出判断。

 银饰品掷地有声

铜质物品，落地声音高而尖锐，急促而次数多；若是铅质或锡质地，则落地声音沉闷、短促；纯银饰品掷地有声，但无弹力。成色越低，声音就越低。

金银首饰外观质量的总体要求是：做工精细，造型新颖、考究，款式美观、大方、雅致、华贵。

要去比较正规的商店购买银饰品，因为其能提供相关的证书、证明等。通过检测机构检测的银首饰买起来才会心中有底。

银饰品的保养

张太太结婚十多年了，在她的百宝盒里放着一个银戒指，是张太太在结婚前买的，虽然不值什么钱，但是张太太很是珍惜，毕竟伴随着她走过了十多年的时光。当张太太把戒指拿出来的时候，大家惊奇地发现它还像新的一样，看不出一点儿历史的痕迹，张太太告诉大家原因，那就是精心的保养。

张太太结婚前戴着的时候就很注意，很少让它沾水。不戴的时候，她会小心翼翼地把戒指存放到密封的盒子里。也有不小心的时候把它掉在地上弄脏了，她不会随便找一块布料擦拭，那样容易把戒指擦花。她会用软软的毛刷刷掉脏物，再用水冲一下，然后自然风干。

这么多年过去了，在张太太的精心呵护下，戒指仍然像新的一样。张太太想把这个戒指送给自己长大的女儿，希望她会珍惜。

只要精心呵护，银饰品能长久地保持亮丽的光泽，在长久的岁月中陪伴女人。

应经常让银饰保持干燥，不要让其沾水，更不要接近温泉和海水。常用棉布或纸巾轻轻擦拭表面，将它置放于密封的袋子或盒子中，避免与空气接触发生氧化。

如果发现银饰有变黄的迹象，可以拿牙膏加点水轻用软毛刷清洗表面，然后用擦银布轻擦，就会看到原来的色泽。

必要时可以用洗银水浸泡，但时间不宜过长，一般几秒钟就行，取出后马上用清水冲洗，然后用纸巾吸干。

在佩戴或存放银饰时不要同时和其他金属首饰接触碰撞，以免变形或擦花。

金银首饰与女人完美搭配

选购金银首饰要考虑它与服装以及人搭配的协调完美性，一件佩饰如果缺少和你本身的协调性，那便不是你需要的饰品。

小丽一直想给妈妈买一对贵点儿的耳环，因为妈妈的耳环被小丽不小心玩丢了，之后妈妈就再也没买过耳环。小丽在一家商店的专柜里看到一对做工精细的圆形金耳环，当时就想买，她实在是太喜欢这对耳环的做工和颜色了，她感觉妈妈也一定喜欢。不过一打听价格她又有点儿泄气，价钱比她两个月的工资还要多。

为了说服自己，她拉上了同事小欢去看，小欢如果也觉得这个东西不错，她就一定要买下来。

当服务员拿出耳环，小欢也是觉得特别漂亮。小丽很高兴，决定要买下耳环。这时小欢注意到耳环是圆形的，她在小丽过生日的时候见过小丽的妈妈，记得小丽的妈妈是圆脸。于是她阻止小丽购买，她告诉小丽，圆形的脸庞要配方形、叶形、泪滴形等垂吊耳环才显得好看，不能为了表孝心给妈妈买一个虽然贵但不合适的饰品。

售货员给小丽拿了一本饰品图画，告诉小丽什么样的脸型应该配什么样的饰品，还告诉小丽并不是贵的东西就一定合适。

小丽这时也想到了自己玩丢的耳环就是泪滴形的，于是她在小欢和售货员的帮助下，又给妈妈重新挑了一副泪滴形的耳环，而且价格也不是太贵。

不要从头到脚都用首饰装扮，不要忘记首饰是为了衬托人

身材苗条的女性不适合粗壮或长长的挂件，而适合精细的项链

身材玲珑型的女性不适合把腰饰露在身外，要选择小一点的饰品点缀

饰品与女人完美搭配

寄给妈妈没多久，她就收到了妈妈邮来的戴着新耳环的照片，照片上妈妈漂亮极了，耳环也漂亮极了，小丽很是高兴。从此，她明白了不是贵的东西就好，合适的才最好。

首饰说到底是为了突出人的美丽，不要因为金饰或银饰本身很漂亮就不加考虑地购买。不同的金银饰品有不同的象征，有的象征富有和华贵，有的象征大气和典雅，而有的象征青春和活力。所以在购买的时候，要综合考虑这些因素。

同时购买金银饰品要符合佩戴者的需要，不同的人有不同的体型和不同的性格，饰品要和佩戴者的个性和特点相符合。

选好首饰后不要忘了要通过不同角度观察自己佩戴这件首饰是否协调。如果首饰与你的身材、发型、衣服、颜色等都协调的话，你就可以开心地享受这些首饰带给你的美感。

在选择饰品的时候，做工也是需要特别注意的，根据自己的消费能力，要尽可能选择做工好的饰品。做工差的饰品，缺少品位，对爱美的女性来说只能算是一件废品。

让**女人**有钱
一生的理财习惯

第 **5** 章　翡翠消费投资策略

翡翠、钻石等珠宝让女人心醉，更会使女人风情万种。珠宝代表了高贵与典雅，彰显了女人的品位。翡翠、钻石更是佩戴、收藏的佳品，又能随着时间的流逝而升值。

 ## 佩戴翡翠显典雅

"观之奇妙无穷，藏之价值连城。"用此句形容翡翠，非常贴切。作为中国传统文化的象征，翡翠自古便是馈赠亲友的佳品。

在很多人眼里，翡翠是专属中老年人佩戴的饰品，但现在，越来越多的年轻人也成了翡翠的爱好者。很多年轻的女性朋友开始佩戴翡翠手镯、耳环与戒指，这已经成为一种时尚，也是高品位的象征。

随着近年来节日经济的火爆，作为中国文化象征的翡翠，出现了一轮一轮的销售旺季，圣诞节、元旦、春节都特别流行送翡翠，也成了年轻情侣表达爱情的方式之一。现在人们不但买翡翠、玩翡翠、送翡翠，很多人对翡翠文化也产生了浓厚的兴趣。

女性佩戴翡翠能更好地彰显品位，更能体现文化底蕴。自古以来，中国女性的黄皮肤和通透翠绿的翡翠就十分般配，中国女性佩戴翡翠饰品，确实有种典雅的美。

读到这里，很多女性朋友们会说："翡翠多贵呀！一般人是买不起的。"

　　诚然，翡翠的价格一直居高不下，但也有很多珠宝店走平价路线，还经常在节假日促销，以扩大销售额。网购普及之后，购买翡翠不再拘泥于实体珠宝店，这也为女性朋友们开辟了一条新型的购买途径。

　　网购最吸引女性朋友们的一大杀手锏，就是价格优势。在选择网购翡翠之前，女性朋友们可以到实体店去挑选自己相中的翡翠，仔细挑选之后再在网上购买。网上的一些正规珠宝店，一般同等翡翠网购的价钱相对于实体珠宝店，可以便宜一半左右。这样一来不仅拥有了自己心仪的翡翠饰品，又享受了可观的优惠，两全其美。

自古以来中国女性就有佩戴翡翠的传统。今天，翡翠再次走俏市场，不仅仅是因为它的美，更是因为它极高的投资价值。

收藏翡翠也相宜

　　翡翠不仅可以用于佩戴，也是一种收藏的佳品，收藏翡翠是一种很好的投资方式。从投资的角度来谈，股票的收益较高，但是稳定性差，风险较大；基金与储蓄比较稳定，但是收益率低；而翡翠却能够一直保持增值状态，时间越长，越增值，随着时间的积累，就会成为文物，这是其他投资方式所不能比的。

黄金有价，珠宝无价。除了具有美观性，珠宝还具有收藏的功能，并且具有一定的保值作用，可随时兑换成货币。

　　翡翠投资的收益究竟有多大，看看一个收藏论坛中一则ID为"屹耳小姐"的帖子。

　　我到现在还清晰地记得，那是1995年，单位组织去云南旅游的时候，我花了八千块钱买下了一只玉镯，当时真感觉是在身上割了一块肉，那可是自己好几个月的工资呢！

　　去年一个偶然的机会，一个同事的表叔看中了我这个玉镯，出价六万想让我转让。当时吓了一大跳，我从来没想过，玉镯涨得如此多。随口说道：这玉镯哪值这些钱啊？同事的表叔显然对收藏很有研究，说道：姑娘，你那可不是玉镯，是一个翡翠的镯子。

　　我还是很疑惑：玉和翡翠不一样吗？同事的表叔概括地说：翡翠确实是玉，但玉却不一定是翡翠，最重要的是翡翠的价格要远高于玉……

　　显然在收藏的历程中，"屹耳小姐"忽视了翡翠的价值，想不到在十年左右的时间，翡翠的价格便提升了将近8倍。

　　针对收藏市场持续高温的翡翠热，某财经大学的教授说："翡翠现在的涨幅不会有任何下降，而只会持续走高，可以这样说，炒翡翠已远胜于炒黄金。"

　　这位教授的依据是现在原材料价格上涨，翡翠市场近几年涨势非常凶猛，在大型品牌珠宝店里，翡翠饰品的销售连年增高，每年翡翠类商品的销售额的增速都超过了60%。

　　随着翡翠玉石资源的日渐枯竭，好的原料已经非常难得，高档的原石更加奇缺。正是由于原料与高档原石的奇缺，使翡翠的价格进一步高涨。

　　在全球金融危机时，股市低迷、基金价格下跌、房价下滑，但翡翠玉石的价格仍然坚挺，不仅没有降低，而且在不断地上涨。可以说，翡翠玉石具备良好的保值性能，是投资的"佳品"与规避风险的"防空洞"。

　　提起投资，很多女性朋友们都会倾向于股票、基金等理财工具。请将目光转向实物投资吧！翡翠即是一个不错的选择。如今投资翡翠已经成为一种非常普遍的投资方式，它的收益率远高于大多数理财工具。

衡量翡翠的三个标准

投资翡翠，首要的一点就是了解翡翠的价值，究竟怎样的翡翠才具有上乘的收藏价值？专家建议仔细阅读"翡翠身份证"——国家标准鉴定证书。

鉴定书的内容

在每一张翡翠鉴定证书上都配有翡翠的名称、图片以及各项参数，此外还有条形码和编号等，此种设置保证了翡翠的正当来源。

可以说翡翠鉴定书给予翡翠一个身份的证明，也给翡翠购买者一份保障。翡翠分为四个类别，请看表1。

表1　翡翠的四个类别

翡翠级别	特　点
A	没有经过任何处理的翡翠
B	经强酸浸泡后灌胶的翡翠，成色差
B+C	经强酸浸泡腐蚀之后，注入填充物并染色
C	灌有色含水胶，暴晒之下脱色、碎裂
D	灌胶之后在外面包裹一层类似书皮的物质

翡翠鉴定书是判断翡翠价值的基本依据，但想要进一步判断翡翠的价值，还要检查翡翠的颜色、质地和净度。

衡量翡翠的标准

颜色

看着珠宝柜台里众多的翡翠，那些从来没有接触、研究过翡翠的人都会产生疑问，这些都是天然翡翠，也都是没有经过任何处理的A货，为什么价格有的很昂贵，有的相对低廉呢？行里常说的"浓阳均正"这四个字就可以回答这个问题，那么"浓阳均正"究竟是什么概念呢？

"浓阳均正"是从色彩的四个层面来衡量翡翠颜色是否过关，这四个层面依次是色彩的饱和程度、鲜艳程度、均匀程度以及颜色的偏颇程度。

苏轼佳句"欲把西湖比西子，淡妆浓抹总相宜"是概括赞美西湖的景色时刻皆美。而"浓阳均正"与苏轼此佳句有异曲同工之妙，这四个字是一种度量衡，用来考量翡翠的色彩。

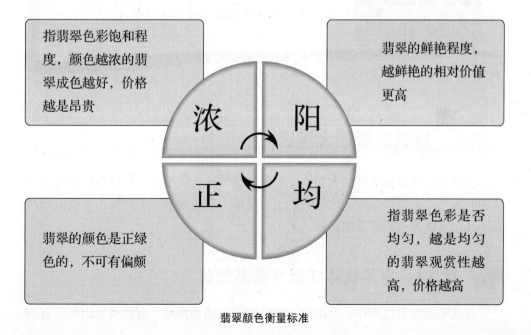

指翡翠色彩饱和程度，颜色越浓的翡翠成色越好，价格越是昂贵

翡翠的鲜艳程度，越鲜艳的相对价值更高

浓　阳

正　均

翡翠的颜色是正绿色的，不可有偏颇

指翡翠色彩是否均匀，越是均匀的翡翠观赏性越高，价格越高

翡翠颜色衡量标准

质地

　　质地是考量一块翡翠的触感的衡量标准，质地的均匀和细腻程度是衡量的两大方面。将一块翡翠拿在手里，除了观察它的颜色，最主要的就是观察这块翡翠内部是否有晶体，一般来说，晶体少的翡翠质量越好。此外，透明度也属于质地的范畴，越是透明的翡翠越有投资的价值。

 净度

　　翡翠是一种多矿物集合的岩石，在其内部一定有瑕疵，那么其净度就是衡量一块翡翠质量好坏的重要标准之一了。

　　瑕疵分为两种，一种是肉眼可见的，另一种是只有在显微镜下才会"现身"的。一般来说，有片状瑕疵的翡翠价格要昂贵于有点状瑕疵的，用显微镜才能看到瑕疵的翡翠要比肉眼可见瑕疵的翡翠昂贵。

　　在所有种类的瑕疵中，最令人难以容忍的就是裂纹，有很多卖家会以"有裂纹的是原生翡翠"来蒙骗投资者，混淆投资者的视听，事实上有裂纹的翡翠是不值得去投资的。

 挑选翡翠四大误区

　　翡翠具有佩戴和收藏两大功能。但因为翡翠的价值不菲，所以在投资收藏翡翠的时候一定要谨慎选购，才能避免上当受骗。在选购翡翠的时候，可以试着从以下几个方面来检验翡翠的品质。

 误区1：翡翠纹路可提升翡翠价值

　　在翡翠的生长过程中，会形成一些特别的纹路和图案，有的类似山水、有的

好像动物……投资者不要轻信炒作，认为纹路可以抬高翡翠的升值能力。

　　事实上翡翠出现的纹路只是一种象形，很少有极其逼真的图案，所以在投资翡翠的时候，投资者应根据个人的审美，来判断翡翠纹路的形状，切不能轻信外界的炒作，认为越是稀有的纹路越值钱。

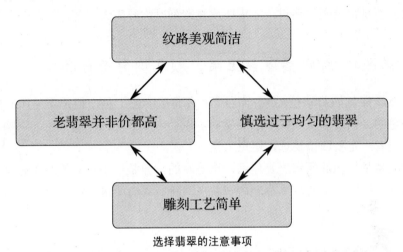

选择翡翠的注意事项

 ## 误区2：老翡翠，价值高

　　有人认为收藏古玉、翡翠讲求的就是年份，越是老的翡翠收藏的价值越高、越值钱。其实这种思想是错误的，因为翡翠是在清朝的时候才传入我国的，所以在我国翡翠基本没有古今的区别。

 ## 误区3：雕刻工艺复杂的翡翠，是上乘的翡翠

　　很多人认为翡翠和钻石一样，只有经过精心的设计和细致的雕刻，才是一件

鉴别翡翠技巧

　　由于翡翠的导热性较差，正常情况下用手握住一块翡翠应感觉凉，如很快变热可能不是翡翠。

完美的收藏品，才有收藏的价值，其实这种想法有些偏颇。

与其他收藏品不同的是，翡翠在设计雕刻的过程中，技师要针对翡翠坯料进行设计，在他们的认知里，质地上乘的翡翠毫无杂质，并不适合繁重的设计加工，只要秉承"简单才是美"的宗旨做成极简的戒面或者是手镯即可。对于那些天生材质不是很过硬的坯料，才需要反复雕刻以弥补先天不足。

误区4：绿色翡翠最上乘，颜色均匀是佳品

诚然翠绿色的翡翠是A货，而且是A货翡翠中的上品，但是不是所有的翡翠都是绿色的。当翡翠受到铁质的浸染后，也会形成鲜艳的"翡"色，选购翡翠的时候投资者一定要谨慎挑选，避免上当。

绿色越是均匀的翡翠越是佳品，这是对的，但是过于均匀的翡翠有可能是假货。因此，投资者不能单单尊奉这一条来判断翡翠的质量好坏与否。

翡翠的A货、B货、C货

也许你经常会听到销售人员说："这只翡翠是上等的A货，当然价值不菲了！"还有的销售人员说："C货翡翠也很值钱！"什么是翡翠的A货、B货或者C货呢？到底什么货更值钱呢？

> A货，自然界产出的，只经过正常加工、琢磨的翡翠，是翡翠中的上品

> B货和C货，把那些质量不好的翡翠经过人工优化处理，来改善或改变翡翠的颜色及透明度，这类翡翠叫B货或者C货

翡翠的A货、B货和C货

翡翠的A货，就是由自然界产出的纯天然翡翠，只经过正常加工、琢磨后就上市售卖，是最具投资价值的。

但是，自然界产出的色艳种好的翡翠毕竟是凤毛麟角；色好种稍差的也不多，大部分是色差、种粗、无水的。不少商家就设法把那些质量不好的翡翠经过人工优化处理来改善或改变翡翠的颜色及透明度。经过人工处理的翡翠有的叫做

B货，有的叫做C货。

更具体地说，B货把原玉中的一些杂质如铁质等去除，使翡翠的翠色显得更清纯翠艳，但在佩戴一段时间后，颜色往往会发黄或出现杂色。

C货是指用化学方法将一些原来无色或浅色的翡翠染成深翠绿色，染入的颜色经过一段时间后会自然褪去，是一种完全欺骗性的劣质翡翠。

 ## 如何辨识A货、B货和C货

有很多商家用B货冒充A货，甚至用劣质的C货冒充A货，所以要学习了解一些简单的辨识方法，以防被骗。

翡翠手镯的A、B货鉴别一般以听声音为主。B货翡翠的饰件（如手镯）相互碰击，声音较为沉哑，A货声音清脆，悠长有回音，呈金属声。

处理过的翡翠，由于次生颜色（黄色等）被漂去，颜色往往不自然，与底色不协调；另外，因为被强酸浸泡结构被破坏，而且又注了胶，所以B货翡翠的光泽往往呈现蜡状光泽。

C货是经过染色的翡翠，染色翡翠色调不正常，染绿色的翡翠，绿中呈现偏蓝色；染紫色的翡翠，色调中偏粉色；染红色翡翠的颜色中偏橙色。且整体颜色相对均匀（而天然的紫色翡翠往往颜色不均匀）。

对翡翠C货的鉴别较简单，通常用强光手电筒对其进行透射，A货的绿色是有色头色尾，有浓淡过渡的，斑点呈条带状，而C货在强光透射下，绿色均分布在晶粒周围或裂隙之中，呈细线状。C货翡翠在放大镜下可以看见颜色沿着裂隙及晶体颗粒间分布，放大到40倍以上，一般可见染色剂的存在。

第6章 钻石消费投资攻略

钻石具有发光性，日光照射后，夜晚能发出淡青色磷光。X射线照射也能发出天蓝色荧光。虽然新娘们看到钻石就会幸福地微笑，但是很多人对钻石并不算了解，本章带领你真正了解钻石。

 ## 钻石：永恒爱情的象征

钻石的特点是均匀剔透、世界上最硬、化学性质稳定，这使钻石有纯洁无邪、无坚不摧、永远忠心或矢志不渝的含义。另外钻石的储藏量小，开采困难，成本高，使它成为最昂贵的宝石。

钻戒被作为爱情和婚姻的重要代表物，有着悠久的历史渊源和非常优美的传说。

据说，钻戒第一次作为定情信物是在1477年。法国有一位玛丽公主非常漂亮，追求的王孙贵族云集。奥地利的马克西米连为了得到她的爱情召集了很多谋士出谋划策，最后有人提议，钻戒象征坚贞永恒的爱情，在公主的手指上戴上钻戒便可以得到她的爱。

当马克西米连把象征爱情的钻戒轻轻地戴在玛丽公主左手的无名指时，玛丽公主便应允了他的求婚。从此开创了赠送钻戒订婚的传统。

几百年以来，坚不可摧的钻石与永生不渝的爱情联系在一起，作为表达爱意、传递爱情的最佳礼物。

钻石：一颗永流传

"嗯，你不要以为我这是挥霍啊！钻石可是一项投资呢，你知道吗？钻石是能增值的。"很多女人都是选择这样的措辞来游说男人给自己买钻石，如果你认为女人的这种说辞只是一种劝说男人给她买钻石的借口，那就大错特错了。

其实，这并不是一个美丽的谎言，关于钻石有句响当当的广告词"钻石恒久远，一颗永流传"。以"一颗永流传"而著称的"宝石之首"钻石，除了可被制作成饰品佩戴之外，的确是一种上佳的理财投资工具。

钻石是不可再生资源，几千年的开采，使得全球的钻石产量急剧下降，再过40年，全球已有的钻石矿将全部枯竭，但全世界对钻石的消费需求却不断增加，中国目前已经成为了全球第二大钻石消费国家。钻石饰品在中国这块土地上，越来越受到人们的喜欢，并且成为黄金、铂金之后的第三大消费品。

国际钻石权威机构HRD在近日的报告中显示，购买钻石在中国已不再是奢侈消费，正在向习惯消费转变，中国已经成为全球第二大钻石消费国，仅次于美国。在中国的25个发展居前的城市中，超过一半的新人拥有钻石婚戒。

虽然钻石是最高端的珠宝产品之一，但是现在的消费者已然改变自己老旧的观念，不再认为"拥有钻石是有钱人的专利"，在这种观念的冲击下，钻石的投资价值日渐被消费者接受。

钻石已经逐渐走进了大多数人的生活，各大钻石销售机构也开始实行平价路

钻石不仅是女人最好的朋友，而且因为一直保持着稳定的升值，成为投资的不错选择。

线，因此，"钻石热"逐年升温。

从个人佩戴到文化传承再到投资理财，钻石超越了佩戴佳品的概念，已经成了一种价值空间极大的投资品。

只要佩戴合适，钻石首饰在任何场合都可以佩戴

钻石是佩戴佳品。女性朋友在非正式场合如果佩戴有设计色彩的宝石，会与休闲服装形成完美搭配，相得益彰，在平淡中透出一种别样的品味

访亲会友人，是女人充分展示魅力的上佳时机，这个时候佩戴彩色的钻石饰品，既会给自己增添一份迷人的色彩，也会给家人和朋友一种轻松而热情的感觉

 钻石投资升值

杨小姐马上就要步入婚姻的殿堂了，除了婚戒，婚前杨小姐让老公花了一万元为自己买一颗20分的钻石，老公不解，问杨小姐为什么买了婚戒还要买一颗钻石戒指，杨小姐说：

"老公，你知道钻石不能再生的，所以现在我们购买钻石等于投资，对吧？"

杨小姐的先生点头说："是啊，钻石不可再生。"

杨小姐继续说："既然钻石不能再生，你想啊，这钻石的储量肯定是越来越少了。再加上钻石的市场价稳步上涨，我先戴几年，等几年后钻石的价格再涨涨，咱就把这枚钻戒卖了，你说咱能赚多少钱呢……"

杨小姐这如意算盘打得很漂亮，这是众多女性钟爱购买钻石的心理因素。

在近5年中，除了2008年由于金融危机的严重影响，钻石的价格有所降低外，在其他时间，每年钻石价格的增长率都在15%左右，而截止到2011年7月，钻石价格在2011年的涨幅更是达到了30%。

2010年3月份的钻石报价，0.5克拉的钻石价格比上月增长了2.8%，1克拉的价格上涨了4.6%，而3克拉的价格更是已经上涨了5.7%，所有品种的钻石在2010年3月份的价格都比2009年2月份上涨了12.6%以上，如果将交易的手续费和其他费用扣除掉，年投资回报率完全可以达到8%以上。

投资钻石不会出现很大的价值波动，唯一的风险就是正确估计所投资钻石的价值，打算投资钻石，就一定要备足资金。

> 同股票、基金和黄金一样，钻石也是一种投资工具。随着人们生活水平的不断提高、消费观念的逐渐转变，未来的钻石投资规模肯定会越来越大。

在早些年，没有钻石投资氛围，钻石的买卖变现不方便，近几年，钻石变现买卖很便利。

如果手里有钻石想进行变现，只要有权威鉴定机构的证书，那么买卖起来并不困难，可以通过以下四种方式变现钻石。

（1）直接拿到拍卖机构进行拍卖，也可以出售给资深珠宝店的店主。

（2）如果是个人投资，可以委托钻石交易所会员单位代为买卖。

（3）可以将手中已购买的钻石通过补差价的形式购买更大的钻石。在"以小换大"的过程中，珠宝店会根据消费者钻石的品质、大小按照当日国际钻石市场的平均价格予以折旧，然后顾客可再购买更大的钻石，差额部分消费者需按照当日的国际钻石市场平均价格补足。

（4）去典当公司典当。目前对于钻石典当分为钻戒和裸钻两种类型。钻戒在典当时戒托和钻石分别计价，而裸钻则会根据钻石的品质、大小、颜色和是否有CIA证书来考量裸钻的价格。一般裸钻典当价格多在市场价格的20%左右。

 ## 世界上最贵的钻石

在钻石世界里，毋庸置疑彩钻是最值钱的。1克拉彩钻的售价远高于普通的钻石，2009年12月香港佳士得拍卖会上，一枚镶有5克拉粉红钻石戒指的成交价高达1070万美元。

购买钻石的时候，有的投资者会被彩钻所迷惑，认为那些黄色的、蓝色的、粉色的彩钻是钻石中的名贵品种而疯狂购买。

彩色钻石主要分为粉红、蓝、绿、黄四个品种。红、蓝、绿、黄四色彩钻优劣势各有不同；在这里要特别提醒女性朋友的是，在国内市场，蓝、绿、黄三色彩钻多为辐射加工后的合成品，收藏价值不高。

 ### 粉红钻石

粉红钻石是目前中国内地市场上流传最为广泛的彩色钻石，价格大约是同等级白钻的3～5倍。粉红色名钻的近年拍卖成交价多在500万～1000万美元之间。

 ### 蓝色钻石

蓝色钻石是近年来国际拍卖场上成交量较大、成交价格最高的彩色钻石。世界十大名钻中8颗为白钻，2颗为蓝钻。蓝色钻石价格多比同级别白色钻石高出10倍。一颗重达7.03克拉的蓝色钻石在瑞士曾拍出约621万英镑的价格。名钻在国际拍卖市场上的成交价多在1000万美元之上。

 ### 绿色钻石

绿色钻石含量也很稀少。2005年，东京会展上出现的号称当时世界上最大的天然绿钻"德累斯顿绿钻"，重40.70克拉，叫价为2亿美元。

 ### 黄色钻石

黄色钻石是目前国际拍卖场上成交量最大的一种彩色钻石，纽约、中国香港的春季拍卖会上，多有黄钻项链、戒指成交，成交价格呈现上升的趋势。但因为杂质比较多，成交价不比白色钻石高多少。

各种钻石的产地和鉴别

钻石种类	产　　地	鉴　　别
粉红钻石	主要产自澳大利亚	密度大、发出璀璨光环者一般都为真品
蓝色钻石	主要产自南非	市面上偶然出现的蓝色钻石基本上都是人工辐射后的产品
绿色钻石	中东、非洲偶有出现	国内市场上出现的绿色钻石多为"人工辐射"产品，如无专业鉴定，普通市民轻易不要购买
黄色钻石	主要产自非洲、澳大利亚	注意区分黄色钻石与发黄的白色钻石。黄色钻石指的是天然亮黄色的钻石；而质地不佳的白色钻石多呈现暗黄色泽。目前的国内市场上也多有人工辐射品出现

 ## 选购有身份证的钻石

钻石承载的不单单是对爱情的寄托，时代更赋予钻石以投资的价值，走进珠

宝商场的钻石柜台，没人会无视闪闪发光的钻石，但是说到投资，很多女性朋友们会摸不到头绪。

钻石证书有两大功能，一是鉴别钻石的真假，二是鉴定钻石的品质。

什么是钻石证书?

钻石证书，也可以称作钻石分级证书、钻石质量保证书，是由珠宝专家们经过细查，并把它置于放大镜下分析它的尺寸、净度、切工、颜色、抛光、对称性以及其他特性，从而形成的一份报告。

专家建议，购买钻石第一步：寻找有证书的钻石。

国际上有一套鉴别钻石的统一标准，从重量、颜色、净度以及切工四个方面评价钻石的品质，简称"4C标准"，而钻石的证书相当于钻石的第五个"C"。

 ## GIA钻石等级证书

国际钻石市场上，有GIA（美国宝石学院）、IGI（国际宝石学院）以及HRD（比利时的钻石高阶层议会）三个钻石认证机构。但是只有GIA的认证书最为权威，在购买钻石的时候，女性朋友们一定要认准GIA。

GIA的钻石鉴定证书含金量最高，最有权威，那么GIA究竟是一个怎样的机构呢？

其实GIA是"美国宝石学院"的英文缩写，全名是"Gemological Institute

GIA钻石分级报告被认为是世界第一的宝石证书。各种形状和大小的钻石从世界各个角落送到学院进行分析分级。

of America"，是一家非赢利的独立组织，作为世界上宝石界的权威，以公正而闻名。这个学院的突破性研究、教育、实验和设备开发过程几乎就是珠宝工业成长的编年史。

GIA证书非常专业，在证书上注明钻石的重量、净度、颜色以及身份证号码等参数，而且GIA的证书是不能做假的，购买一款钻石之后，你可以登录GIA的网站http://www.gia.edu/reportcheck/，在其资料库中查询是否有自己购买的那枚钻石的身份证号码。

GIA证书是全世界最权威的钻石鉴定证书，如果你的钻石具有GIA证书，那你的钻石就是具有了保障，但是GIA证书是全英文的，而且比较专业，很多人都不知道怎么看GIA证书。

简单来讲，GIA对低于0.2克拉的裸钻是不给出具证书的。GIA证书分两页，左页是裸钻鉴定的数据，右页是切工、颜色、净度等级表、切割比例图和关于这颗钻石报告的说明。

 ## NGTC镶嵌钻石分级证书

NGTC镶嵌钻石分级证书，是由我国国家珠宝玉石质量监督检验中心（简称检验中心）发行的。该中心是有关主管部门依法授权的国家级珠宝玉石专业质检机构，是我国珠宝玉石检测方面的权威。

国检使用的钻石分级系统主要按照钻石的切工、颜色、净度依次排列等级，最高级为最稀有的也是最有价值的钻石，最低级则价值最低。

在购买钻戒前，应该认真查阅证书的复印件或副本，因为这是确保钻石质量和价值的唯一保证。

4C评定钻石

评价钻石好坏依据的是钻石鉴定标准，你买钻石划不划算也是由钻石鉴定标准来衡量的，那这个钻石鉴定标准是什么呢？

这个标准就是大名鼎鼎的"4C标准"，"4C"即重量（Caratage）、净度（Clarity）、颜色（Colour）和切工（Cut）。4C标准是评价钻石品质的不可缺一的综合要素，也是消费者判断一颗钻石价值的衡量标准。

重量

1carat（克拉）=0.2g＝100分，如30分的钻石可记为0.3克拉。国际公认的钻石保值重量为0.4克拉以上，国内标准为0.3克拉以上。

什么是克拉？

克拉就是指钻石的重量，也是判断钻石价值最直观的标准。重量在1克拉以下的钻石通常也用"分"作为计量单位。1克拉分为100分，0.5克拉又称50分。

净度

钻石的净度是指钻石的洁净度，以专业宝石学家在专用的 10 倍放大镜下观察的结果为依据。它包括两个方面，即宝石内部原有的缺陷及加工过程中对钻石表面造成的破坏。放大镜下看不到缺陷的钻石极少见。

GIA将钻石净度分为：FL、IF、VVS1、VVS2、VS1、VS2、SI1、SI2、I1、I2、I3十一个级别。FL、IF级是无瑕级的，VVS1至SI级是市面上比较多见的，SI2以下的钻石肉眼都能观察到内含物。

颜色

钻石的颜色分级标准为：D、E、F、G、H、I、J、……、Z。D至I为白色调，

J以下可明显看出黄色调。建议购买颜色级别 J 色以上的钻石。

切工

切工指有经验的技师在将钻石原料转变成经打磨的钻石的过程中所切割的角度和比例。切工可分为完美、很好、好、一般、差。切工是4C标准中唯一由人决定的因素，它在很大程度上影响着钻石火彩和亮度，从而也影响着钻石价格。好的钻石切工反射出来的火彩明亮耀眼，差的切工钻石反射出来的火彩暗淡。

钻石收藏指南

我们都有这样的体会，无论多么昂贵的商品，只要售出后，就变成了二手货，它的价值也会因此打折，卖家也绝不会接受原价退回。然而神奇的是，钻石在售出几年后，还会接受原价退回。为什么呢？因为它总是在涨价。如今收藏钻石不失为保存财富的良好渠道，那么什么样的钻石才值得收藏呢？

看钻石的颜色和重量

什么钻石具有收藏价值呢？对收藏者来说，D色无瑕10克拉以上的白钻和5克拉以上的彩钻很有收藏价值。

彩钻和白钻从同一块矿岩里产出，但彩钻的开采率比白钻低得多。 5克拉的粉钻已算罕有。5克拉以上最高等级的彩钻（Fancy Vivid），售价可达到10万～100万美元／克拉，而D色无瑕白钻售价则在20万美元／克拉。

有人困惑为什么白钻带点黄色就不值钱，而黄钻却贵得惊人。那是因为只有饱和度很高的金黄、柠檬黄才会被鉴定为彩钻。

彩钻产量稀少，所以5克拉以上的鲜彩蓝钻在拍卖场上很抢手。

 ## 裸钻与钻石首饰哪个更值得收藏

很多人认为裸钻的投资空间比钻饰大，其实这是误区，只能说裸钻的流通性比钻饰大，钻饰牵涉到不同时代的风格，无统一标准，所以钻饰的收藏价值并不比裸钻低。

以一条全都是全美钻石的项链为例，要找到几十颗大小、颜色、形状几乎完全相同的钻石至少要花上2年，比同等大小的裸钻更难得。

市面上销售的钻石很少有收藏级的，挑选收藏级美钻建议去知名拍卖行。苏富比拍卖会全年在中国香港、纽约、日内瓦等地举行8场珠宝拍卖会。

 ## 基本款VS异形钻

人们对钻石还有个认识误区，以为形状越复杂的钻石就越贵，其实并非如此。同等4C级别的钻石，最贵最难得的是圆形和枕形。

因为原石本身是不规则的形状，因此切割成何种形状的钻石，视原石中内含物的分布及原石的大小而定。圆钻是最贵的，因为它不但要求原石具有较为规则的形状，而且需要切去的原石部分最多。

 ## 选购钻石要牢记的三个原则

投资钻石讲究策略，同时也要规避一些误区，误区就好像雷区，女性投资者一旦触碰误区就会失去投资的最佳时机，不但所购买的钻石无法获利，甚至不能保值。

 ## 购买1克拉钻石

从重量上来说，由于钻石属于高端投资品种，投资1克拉以上的裸钻最合适。为什么这么说呢？这是因为钻石成品的价格是裸钻的3倍左右，如果再加上品牌的附加值，那一枚钻石成本的价钱要高于裸钻价钱的10倍乃至更高。

　　顾名思义，"裸钻"就是那些还没有经过镶嵌工艺的钻石，这样的钻石容易出手，而且升值空间很大。在投资裸钻的时候，1～3克拉的裸钻销量较大，适合女性投资者短线投资；5～10克拉以上的裸钻相对稀少，长线投资较划算。

　　购买大钻石一定要注意，大钻石是有一个恒定标准的，克数较大的钻石必须符合"4C"标准，一定要零瑕疵。如果有悖于这条标准，即使是再大的钻石也会售出极低的价格。

 ## 4C是选购钻石的唯一标准

　　"女士您就放心购买我们的钻戒吧，我们这款钻石是经过比利时切割的，手工非常好，不是那种国产货，都是在深圳切割的，根本没有美观性和收藏价值可言……"则投资钻石的女性投资者可能会轻信以上说辞，这些话乍听之下好像很有道理，但其实并不正确。

　　判断一枚钻石是否属于上品需要从四个方面来衡量：一是重量，二是颜色，三是净度，四是切工。

　　购买钻石的时候，如果对方说这款钻石是在以色列或比利时切割的话，你千万不要轻信，不要为这种说辞付出过高的价格。专家提醒：大部分钻石是印度工人切的。

　　在购买钻石的时候，女性投资者一定要坚信，唯有一个标准可以衡量一枚钻石价值高低——4C标准，即重量、颜色、净度、切工四个方面，其余的说辞都是"浮云"，皆不可信。

更不要迷信钻石的产地，市场上所谓的"印度钻石"、"南非钻石"大都是为了迷惑你，让你付出更高的价格来购买钻石而已。

 ## 购买渠道正规的钻石

前面介绍了钻石的投资价值和选购标准，此时你一定会问：去哪里才能买到真正的钻石呢？

专家建议：购买钻石一定要慎选购买渠道，不能在非正常的渠道购买任何钻石。现阶段，购买钻石的主要途径有三种：一是在商场购买，二是通过网络购买，三是在拍卖会上购买。

无论选择何种实物进行投资，都要慎选投资渠道，要知道在某种程度上，正规的购买渠道往往意味着安全、有保障。

在商场购买钻石的优点是安全系数很高，不用担心钻石的来源和品质，但是附加值相对大一些，一般都会加价5倍，其中一些大品牌加价会在5～10倍之间，因此缩减了升值的空间。

选择网购的优点是价钱较商场低廉，裸钻居多，附加值相对较小。但是网购充满极大的风险性，所购得的钻石在质量上可能很难得到保障。

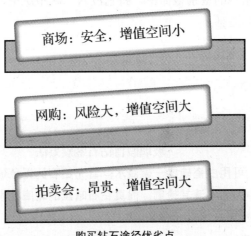

商场：安全，增值空间小

网购：风险大，增值空间大

拍卖会：昂贵，增值空间大

购买钻石途径优劣点

在所有购买渠道中，从拍卖会上购买钻石的升值空间最大。但是众所周知的是一般在拍卖会上出现的钻石价格非常昂贵，平常人是接受不起的。

火眼金睛识别假钻石

钻石是高贵豪华的装饰品，由于稀少而价格昂贵，于是用廉价宝石、人造宝石甚至玻璃来代替或冒称钻石的事件时有发生，假钻石的生意也日益兴隆起来。所以女人有必要了解常见的假钻是用什么材料制作出来的，以及在购买钻石时，自己如何鉴别钻石。

 常见的假钻石

常见的假钻石大概有7种，现介绍如下。

（1）玻璃钻。玻璃钻在市面上比较多，通常也很便宜，大大满足了经济实力差的女性的心理需求。用玻璃磨成的假钻石很容易区别，因为它的折光率低，没有真钻石那种闪烁的彩色光芒，稍有经验的人一看便知。

（2）锆石。目前锆石是最佳的钻石代用品，市面上比较常见的假钻石是锆石。锆石双折射很强，即它有两个折光率，并且两个折光率之间的差别较大，由此会产生了一种很特殊的光学现象。

（3）人造尖晶石。人造尖晶石缺少闪烁的彩色光芒，这也是它和钻石的最大差别。对于人造尖晶石的鉴别很简单，将它浸入二碘甲烷中，也会轮廓模糊，而真钻石的轮廓则十分清楚。

玻璃假冒钻石鉴别方法

可用白瓷碗盛一碗清水，冒充钻石的无色玻璃制品漫入水中即看不清其轮廓，而真钻石暗黑的轮廓在水中显得十分清楚。

锆石鉴别方法

当用放大镜观察琢磨好的锆石棱面宝石时，可以明显地看到双影，而钻石因为是"均质体"，绝无双影现象。

（4）水晶和黄玉。这两种天然矿物的透明晶体，经琢磨后也有点像钻石，但都缺少闪烁的彩色光芒。且它们都是"非均质体"，而钻石是"均质体"，用偏光仪易于区分。

（5）人造蓝宝石。无色透明的人造蓝宝石在琢磨后也可作为钻石的代用品。但它在"二碘甲烷"中几乎消失不见，而真钻石的边缘暗黑，非常清楚。

（6）人造金红石。金红石是一种普通的天然矿物，它的成分是二氧化钛，由于它的折光率比钻石还要高，故琢磨宝石后能出现明亮耀眼的闪光，且能出现彩虹般的变化，显得非常美丽。其五彩缤纷的闪光超过了真钻石，常被称为"五彩钻"或"五色钻"。

金红石一般人识别起来比较困难，需要借助放大镜识别，用放大镜从顶面可看到底部棱线的显著的双影，而钻石则没有双影。

从审美角度看，"五彩钻"因闪光过分艳丽，并带有不清澈的乳白光，故有庸俗之感，远不如钻石闪光的高雅可爱。

（7）立方氧化锆（即"苏联钻"）。这是首先由前苏联推出的最理想的钻石代用品或冒充品，是人造化合物，非天然矿物。由于立方氧化锆在折光率、色散等方面与天然钻石很接近，所以一般人识别起来比较困难。但它的硬度较低，且导热性远低于钻石，故仍可用仪器准确地将其与钻石区分开来。

 ## 自己鉴别钻石

市面上有不少的假钻石，但是我们不要因此心灰意冷，有些简单易学方法可以鉴别钻石的真假。这些方法依据钻石特有的性能，从而准确地鉴别出真钻石。

首先可以很直观地用触摸的方法鉴别真假，将钻石放在手臂或脸上，因为真石不传热，无论怎么触摸它，都应该是凉的，若感觉它是温暖的，则为假钻石。

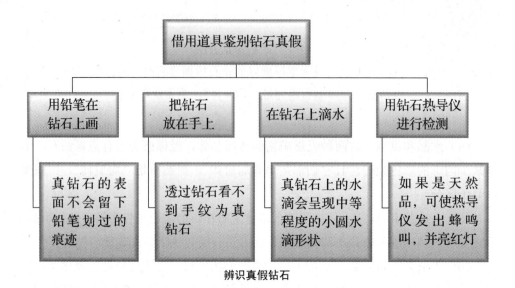

辨识真假钻石

其次可以在钻石上哈口气，如果钻石上的水汽立即消失则证明为真钻石。若水汽在钻石上停留几秒钟后才消失则为假钻石。

还可以用钻石在玻璃上轻轻划一下，会留下一条较明显的白痕。假钻石则皆无此类现象。或者将钻石在细砂纸上来回擦几次，其表面有擦痕的则为假钻石，无擦痕的则是真钻石。

用上述几个方法鉴定后，如果你还不能确定钻石的真假，则可以借用一些道具来鉴别。

（1）将钻石用水润湿后，用铅笔在它上面刻划一下，真钻石的表面不会留下铅笔划过的痕迹。水晶、玻璃、电气石等透明的假钻石则会留下痕迹。或将一支钢笔蘸上墨水后在钻石上画线条，真钻石在放大镜下的线条由一个个小圆点组成。

（2）真钻石具有单折光性，有光芒四射、耀眼生辉的特征，放在手上则看不到手纹。以水晶等冒充的假钻石，其色散差、折光率低，透过水晶等可见手纹。或在一张白纸上画一条直线，把钻石平放在这条直线上，透过钻石观察这条直线，若钻石边缘两端的线与透过钻石的线是折断的或变形的，则可断定是真钻石，若线条仍然是直的，则为假钻石。

（3）钻石具有导热性，根据这一特点，利用钻石热导仪进行检测，如果

是天然品，可使热导仪发出蜂鸣叫，并亮红灯，这是鉴定钻石最准确且简便的方法。

简单实用的鉴别方法

　　将钻石的上部小平面拭擦干净，用牙签的末端沾一滴水滴在它上面，真钻石上的水滴会呈现中等程度的小圆水滴形状，假钻石上的水滴则会很快散开。

第7章 女人购房指南

买房是人生一件大事，所以我们在购房前期要学习一些相关的房产知识，前期的投入，会为以后买房省去很多不必要的麻烦。做个"购房通"女人，并不是那么容易的，掌握基本知识非常关键。

买新房还是买二手房

选择"够住"的房子，既能享受买房带来的乐趣，又不会增加过高的生活压力。在同样的地段买房子，买新房无疑要承受更重的经济压力。但乔迁新居时新房肯定比二手房更有喜悦幸福感。

如果你以为只简简单单地了解新房和二手房的概念就能在购房时做出正确的判断，那么就大错特错了，其实新房和二手房在法律、地段以及交割程序上有很大的不同。只有把握这些不同之处，才能给购房提供一定的帮助。

那么到底是买个新房还是买个二手房呢？这的确需要女人细细权衡利弊再决断。

安全性和首付

由于新房一般都是期房，所以要先买房，等建成之后才可以办理房产证，在这段期间存在很多不安全的因素，但二手房则不同，购买时只要签完合同就可以直接过户，产权明晰，安全性相对于新房较高。

在实际的买房过程中，很多的地产开发商为了较快地回笼资金，往往会给一次性付款的客户一定的优惠，一些经济条件允许的购房者，为了省去一些麻烦，很乐意一次性付款。但这种做法其中潜藏着很多隐患，假如遇上是烂尾工程，就可能就血本无归。

一般新房价格比较高，但是按揭首付低；二手房则价格比较低，但是按揭首付高。

办理流程繁简

新房在购买的时候比较省心，很多细节房产公司会代理去完成，不是任何事都需要购买者亲力亲为，可以省去很多不必要的麻烦。

二手房则比较烦琐，主要是先签合同，再进行公证。如果是全款买房程序会简单一些，直接到房管局过户，过完户领证就可以；但如果是按揭的话程序就没有那么简单，从过户到领证都要本人到场，携带相关证件。如果是夫妻购房的话，夫妻双方都得到场，有的环节还需要买方卖方同时到场，并且每个流程都有相应的工作日，不是想什么时候办理都可以，有些麻烦。

看个人爱好

有的购买者就喜欢别人装修好的房子，不用劳神也不会花很多的钱，同时可以直接看到房子现状，对户型、大小、格局、朝向等都有一个综合的把握，那么就应该选择二手房。

如果购买者想自己设计空间，那么可以选择新房，自己随意勾勒，但是新房往往给你看的是样板房，和自己到手的房子有很大的差距，所以选择的时候还是要留意到这些。

总体来讲，新房和二手房的不同如下：

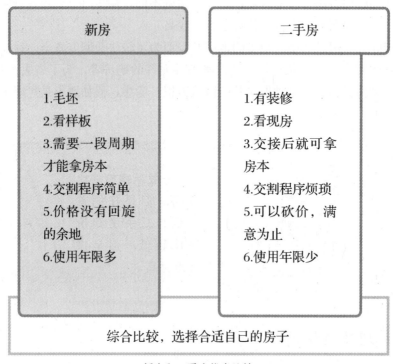

新房和二手房优劣比较

 买房攀比之心不可有

有些女人爱慕虚荣、好攀比，我们不能很笼统地说这是一种缺点，但对女人来说实在是弊大于利。

购房是人生的一件大事，运用的资金可能是一生的积蓄，如果看到别人住什么样的房子你也想要什么样的房子，那最后吃亏的只能是自己。女人在购房时要量力而行，做到既不妄自菲薄，也不好高骛远，要根据自己的收入情况和消费层次选择合适的房子。

什么是购物攀比心理?

在购买时完全不考虑物品的实际价值和现实需求，而是因为一时虚荣和攀比而争强好胜，以满足心理上暂时的满足和平衡，这种购物一般带有很强的偶然性和情绪性。

如果你是单身女性那么可以选择小户型的，一般一居室就足够了，如果你正准备结婚，那么就要根据自己的实际财力进行挑取，可以是大一居也可以是两居室、三居室，千万不要"一时攀比，满盘皆输"。

雪儿在结婚前和老公合资买了一套小两居，小日子虽说不是大富大贵，但也其乐融融，但是一次年前的同学聚会把雪儿的生活全给打乱了。

在聚会上，雪儿碰到了她原先最好的朋友微子，微子可真是"三日不见，刮目相看"，一身名牌，说话特有底气，说自己去了好多国家旅游，说自己的化妆品都是上千。聚会结束时，微子问雪儿："我可以去你家玩么，你们家多大啊？"雪儿说："不是很大……"话还没有说完，微子就说："那你们来我家玩吧，我家特别的大，可以举办一个小型的聚会！"

听微子这么一说，雪儿心理特别不是滋味，那时候在学校的时候，微子的学习成绩那么差，而且论长相也不如自己，可是看看人家现在，真是要风得风要雨得雨。

回到家，雪儿软硬兼施地要求老公把房子换成三居室，老公没办法，只好把两居卖了，在小区内又买了一套三居的。但是换成三居室以后，雪儿的高兴劲儿还没过去，就面临着每月还贷款的问题，以前小两居还贷以后，还有好大一笔生活费，现在还贷后剩下的钱少得可怜，生活质量严重下降。老公也抱怨道："现在不比了吧，好好的生活就让你给搅乱了。"

生活是自己的，如果因为一时的攀比而做出不理智的举动，那后悔的只能是自己。女人应该正确对待虚荣攀比心理。

当同学向你炫耀大克拉钻戒，你可以心里不是滋味；当密友向你显摆豪华跑车，你心里可以失去平衡；但是如果别人向你讲述他们家大房子如何大，你一定要将攀比之心放下，要懂得量力而行。

扬长避短，精心挑选

绝不要把购房想象的和买衣物、首饰一样简单，买衣服、首饰看看颜色和款式就行，假如不合适还可以重新购买，女人如果想给自己一个安心的小窝，在购房时就不要带着这种心理，要充分发挥女人爱砍价、心细等优点。

买房要多看看，多选选！
买房的时候不要心急，心急吃不了热豆腐，要多跑跑，多看看，不仅要看房子的内部结构，还要观察小区内的配套、交通、使用率等。

地段

地段是房子能否升值的一个关键性因素，看一个区位的发展潜力，不仅要看现状，还要考虑后期的规划，规划后各项设施完善，那么小区内的房价就可能大幅度地升值。

在第二次世界大战刚结束时，美国著名的家族财团洛克菲勒将纽约一块价值870万美元的地皮无条件地赠送给了刚刚建成的联合国，同时，洛克菲勒也把毗连这块地皮的大面积地皮全部买下。

原来荒芜的一块地皮，因为联合国的到来，房价立即飙升，很多人都竞相购买这儿的房子，于是洛克菲勒财团也大赚了一笔。

房子是最实用的财产，即便我们的买房目的是为了居住，购买房子也是一种投资，所以地段的优越直接关系到房子能否升值。

 交通

交通是决定是否购买房子的核心问题之一，房子的交通状况主要分为区外交通和区内交通。

区内交通就是看看小区内的停车位设置，属于人车分流还是人车混行。人车分流，车行和步行互不干扰，会大大提高小区的环境质量。

人车混行的小区一般停车位都是露天的，这时就要考察停车位的位置是否合理，停车位是采用租赁还是购买的方式，如果是租，租金多少，如果是买，那以后的月管费是多少，这些细枝末节都要考虑进去。

区外交通主要指有多少公共汽车通过小区，有没有地铁直达小区，有没有直接到孩子学校或是自己单位的公交车，如果没有是否有中转的车。

如果价格超出了预算很多，就要对那些只会增加房价的华而不实的卖点果断"割舍"。

 小区配套设施和绿化面积

买房的时候还要观察小区内的配套实施，看是否有自己需要的健身房、餐厅、幼儿园等。

周锦当初买房的时候，对房子的各个方面都非常满意，物业、交通都特别好，唯一的遗憾是小区内没有幼儿园，当时周锦很不以为然，觉得自己还没有孩子有没有幼儿园都无所谓。

在小区内住了一年后，周锦有了自己的女儿豆豆。这时周锦开始发愁了，豆豆将来上幼儿园怎么办，如果是全托，不仅费用高而且自己也很不放心，如果是来回接送的话，幼儿园离自己家还特别远，很是不方便。周锦真后悔自己当初没选一个有幼儿园的小区。

小区内的绿化面积也不容忽视，由于人们的生活品质不断的提高，现在买房不仅仅是买住所，还是买一种享受。绿地面积可以起到防紫外线、防风尘、杀毒消菌、使人心情愉悦等作用。

小区内衡量绿化面积大小的指标是绿地率。绿地率＝居民区内各类绿地的总和/居民区总建筑用地，一般的居民区绿地率不能低于30%。

 ## 注意房子的公摊面积

购买房子时要考虑房屋的空间利用率是否满足自己。如房本上是80平方米的房子，但由于房屋的公摊面积过大，实际使用率还不到70平方米，这样自己只会"哑巴吃黄连——有苦说不出"。

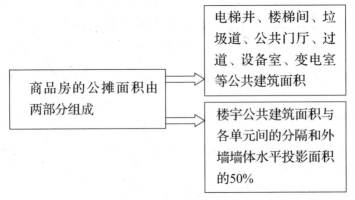

房子公摊面积组成

 ## 购买小产权房要慎重

在实际的买卖过程中，有很多的小产权房也在出售，不要因为价格便宜，误将小产权房当商品房来买，这样只会因小失大。

这种房没有国家发的土地使用证和预售许可证，实际上没有真正的产权购房合同，房管局也不会给予备案。

同时小产权房的施工过程也没有相关部门的监督和检验，所以一般小产权房比普通商品房便宜40%～60%是很正常的，所以购买者一定要小心。

什么是小产权房？

小产权房的产权证不由国家房管部门颁发，而是由乡政府或村政府颁发，在农民集体土地上建设的房屋，未缴纳土地出让金等费用，可以叫"乡产权房"，也可以叫"小产权房"。

选择有口碑的地产企业

很多媒体披露，一些商品房的施工人员往往"头天还在田里抢锄头，第二天就来工地抹灰"，工程质量没有保证。所以买房时选择过硬的房产公司很有必要。

一个好的品牌代表公司的信誉，信誉好安全性就会大大提高。在购买商品房时，最好先了解一下开发商的售楼资格。因为购买者和开发商之间存在着严重的信息不对称，双方的地位实质上是不平等的。

千万不要认为所有的开发商都是做大买卖的，不会为了一些蝇头小利欺骗或是欺瞒购买者。其实并不像购买者想象的那样，地产行业中存在很多弊病，一些不正规的地产操作时有发生，"楼脆脆"、"楼歪歪"等住房质量问题时有发生，还出现过开发商利用集体土地开发房地产、携带预付款逃跑等案件，所以，购买房屋时一定要选择有口碑的地产企业，买得放心，住得舒心。

过硬的房产公司，从设计、建设、销售到后期物业管理都一气呵成，很大程度上避免了项目开发商、销售商、物业管理三方互相推卸责任，购买者买房、养房都比较放心。如果购买的房屋出现质量问题也能够得到及时解决，减少损失。

购房流程

虽然新房和二手房在购房流程的细节上各有不同，但整体上还是有一些相同之处，大致都得经过以下流程。

　　第一步：签订认购书，并按要求缴纳一定的定金或是预付款。

　　第二步：依据认购书上约定的时间、价格等，与开发商签订买卖契约，并按契约约定交付购房费用。

　　第三步：买卖双方到房管局办理合同登记手续，如果是新房的话，开发商会代办。

　　第四步：办理商业性贷款或公积金贷款，与银行或是住房公积金管理中心签订贷款协议。

　　第五步：验收房屋，办理入住手续。

　　第六步：购房者按照事先约定的时间，与物业管理公司签订有关物业管理契约并交纳相应管理费。

　　第七步：共同办理产权过户手续，购房者领取房屋产权证。

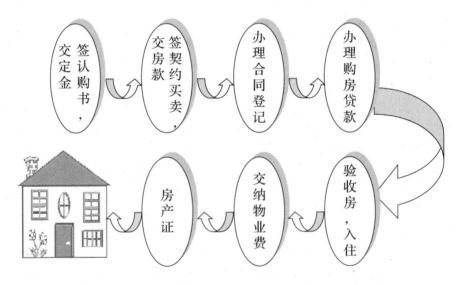

 购买商品住房的费用

　　女人在购房时一定要有意识计算一下，购买一套房子，除了购房费用外还需要交纳哪些费用，这些费用各是多少。

 评估费

　　评估费在新房和二手房买卖中都会产生，但并不是所有房产交易的过程

中都有这项费用。只有在特殊情况下才会进行房产评估，此时才需要交纳评估费。

什么是评估价？
　　房屋评估价就是评估机构根据相关数据对房屋进行综合评估后所取得的价格。房屋评估价必须由评估单位实际考察后才能确定。

　　一般情况下，新房不需要评估，但如果房屋的买卖价格明显低于市场价格，就需要做评估，一般费用是评估价的5‰，如果是按揭贷款买房，则按评估价的7‰来收费。

　　二手房的买卖价格只需要双方协商好，房地产管理部门就会根据协商价格登记过户，但也需要考虑一些特殊情况。

　　首先，为了公平起见买卖双方往往会去做房产评估。

　　比如某人原住在山西，现在想在北京买一套房子，对北京房价很不了解，面对卖房人的报价和中介公司的评估，觉得很不可靠。所以他和卖方协商想去评估单位对房子做一个评估，作为自己买房的参考，卖方觉得这完全合理，为了达到公平，就陪同他去了评估单位。

　　其次，为了方便申请贷款，有些购房者会报高二手房的评估价，但是如果高过实际价格很多就会对银行造成很大的风险，银行为了安全一般要求购房者对抵押的房产进行评估，贷款时以评估值为主。申请公积金贷款的借款人，银行也会要求其进行评估。

　　评估费的收费标准是：100万以下是5‰；100万以上部分按3‰。比如（120万的房子，评估费＝100万×5‰+20万×3‰。）

 各项税费

　　税费是购买房子必须缴纳的费用，所以掌握所要交的税种和费用是很重要的。

　　在我国境内不管是企业还是个人，只要是取得了土地或是房屋所有权，就应当依法缴纳契税。

　　购买新房征收的契税是房产价格的1%。以北京为例，购买二手房征收的契税，如果是首套购房，90平方米以下的商品房征收房屋价的1%；90平方米以上的商品房征收房屋价的1.5%；144平方米以上的非普住宅征收房屋价的3%。购买的第二套房则无论房屋大小，都需要征收房屋价的3%。

什么是契税？

当不动产发生转移或是变动的时候，必须向产权承受人征收的一种财产税为契税。应缴税范围包括：土地使用权出售、赠与和交换；房屋买卖、房屋赠与、房屋交换等。

二手房交易过程中不仅要征收契税还要交纳营业税、个人所得税、土地增值税。

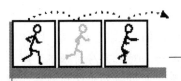

营业税是对在我国境内提供应税劳务、销售不动产或转让无形资产的单位和个人所取得的营业额征收的一种流动性税种。

以北京为例，二手房营业税缴纳办法如下。房产证未满五年，并且面积在144平方米以上的需要缴纳总房价的5.5%；房产证未满五年并且面积在144平方米以下的需要缴纳盈利部分的5.5%；房产证满5年，面积在144平方米以上的需要缴纳房产交易盈利部分的5.5%；房产证满5年，并且面积在144平方米以下的

非普住宅的标准

（1）房屋面积 ≥ 144平方米的

（2）小区容积率 <1 的（容积率 = 小区的总建筑面积 / 小区总的开发面积）

（3）交易价格 > 当地最高过户价格的

不需要缴纳。首套房和二套房所交的营业税都是一样的。

二手房个人所得税的交纳办法如下，不管是首套房还是二套房，房本不满5年均征收总房价的1%，如果房本满五年免交个税。

土地增值税主要是针对转让国有土地使用权或是地上的建筑物及其附着物并取得收入的单位和个人。土地增值税是针对非普通住宅征收的，不管是首套房还是二套房，满没满五年都征收房屋价的1%。

 ## 贷款费用

购房付款时，一小部分经济宽绰的人会选择一次性付款，但大部分的购房者还是会选择购房贷款。购房贷款的形式主要有三种：商业性贷款、住房公积金贷款、组合贷款。

住房贷款是指借款人向银行申请用来购买自住普通住房的贷款。借款人在申请个人住房贷款时必须提供担保。

公积金贷款是政策性的个人住房贷款，主要的特点是：利率低，与商业性贷款的利息相差1%；贷款提供范围主要是一些中低收入的公积金缴存职工。由于公积金贷款的这两大特点，所以不管是投资者还是自住者都愿意优先考虑公积金贷款。

商业贷款是一种以银行信贷资金向购房者个人发放的一种自营性贷款。申请贷款的购房者必须是具有完全民事行为能力的自然人，以其所购买的产权住房向银行作抵押申请贷款。商业贷款也叫个人住房自营贷款。

当个人通过公积金贷款不足以支付购房款时，可以向受委托办理公积金贷款的经办银行申请组合贷款。一般是在个人贷款超过当地规定的公积金贷款的最高上限时才可以使用。

比如某人买了一套高档住宅，需要贷款60万，可是他所在公司的公积金管理人员告诉他，用公积金贷款最多可以贷款40万，剩下的20万，就不得不使用商业贷款，同时还不能享受公积金的利息。

各种贷款的主要还款形式有两种：等额本息和等额本金。

什么是组合贷款?

是住房资金管理部门运用政策性住房资金、商业银行利用信贷资金向同一借款人发放的贷款，是公积金贷款和商业贷款组合的总称。

等额本息也叫月均法。还款时间长、压力小，不足之处是本金归还速度较慢，支付的总利息较多。这种还款方式，占用银行贷款的数量较多、时间较长，适合有稳定收入的工薪基层，例如教师、公务员等。

等额本金是每月等额偿还本金，根据剩余的本金来计算利息，所以初期本金肯定会较多，相对应的还款额数也会较多，但是随着时间的增长每月都会出现递减的现象。适合生活负担会越来越重（养老、看病、孩子读书等）或预计收入会逐步减少的人使用。

同样是从银行贷款20万元，还款年限20年，选择等额本金还款，每月需要偿还银行本金1300元左右，首月利息为900元，总计首月偿还银行2200元，随后，每个月的还款本金不变，利息逐渐随本金归还减少。

有板有眼，注意购房合同中的两个重要细节

为了防止女性购房的"感性"精神泛滥，在买房的时候，任何事都不要口头约定，都要约法三章，在签订买卖合同时在条款中要明确写出双方的权利和义务，有法律的约束就能尽量地减少一些不必要的纠纷。

如约定逾期付款的责任、卖方的交房期限和条件、逾期交房的责任以及其他违约的情况，权利和义务在合同中表明得越详细，就越能保护购买者的权利。

 ### 逾期付款的责任

本条是约定购买者的违约责任，所以在选择付款方式和付款期限的时候，要

根据自己的实际经济能力对付款方式进行慎重的选择，同时付款后要妥善保存相关的发票和收据，以备不时之需。

如果是按揭付款，一般有开发商或是中介帮助办理，所以购房者要及时与办理方联系，尽早拿到相关的合同和到款发票。由于这是约束购房者的条款，所以约定的逾期时间要尽量长一点，违约金低些（尽量不要超过每日万分之三），以保证合同能够继续履行下去。

 ## 交房期限及交房条件

小王去年买房之前和房主约好，购买的费用中包括房屋里面所有家具，卖方满口答应，小王是第一次买房，没有什么经验，看别人答应得这么爽快，就觉得没有必要在合同写明，房主肯定会信守承诺的。

最后过户完拿到钥匙准备入住时，原先房主过来说，他们的冰箱和空调特别贵，需要拿走，要不就要加五千块钱，为图省事，小王忍着怒火说："那你们搬走吧！"

更可气的是，他们把卧室里的灯罩也拿走了，说是什么水晶的，朋友送的特别有纪念意义，于是屋顶上只剩下了个光秃秃的灯管。

小王真是有理说不出，没有真凭实据，和人家说什么也没有用！所以只能见了朋友发发牢骚，解解心中的苦闷了。

合同中必须写明买房交房的期限，以及预期交房的违约金。新房一定要写清楚，交房时是不是水电都可以用，还有天然煤气和暖气什么时候给，这些必须写清楚。

对二手房，得考虑是否包括家具家电，水电是否都可以正常使用，还有就是要做好物业费、取暖费交割，以免以后产生一些不必要的纠纷。

为保障自己的权益，约定逾期交房的时间越短越好，最好不要超过1个月，约定逾期交房违约金越高越好。

第8章 存折"存出"女人幸福

女人如花，美丽动人，殊不知落花无情，再美的花也有凋谢枯萎的一天，然而会为自己存钱的女人是一朵永不凋零的花，存折里那一串串数字就是她永葆妩媚、青春的养分。

"存出"女人幸福

储蓄作为一种投资方式之所以经久不衰，自然有其独到之处。储蓄绝对是各类投资工具中最安全的选择。如果你对于本金的安全性要求远高于本金的增值潜力，那么储蓄便是最恰当的方式。

《穷爸爸，富爸爸》作者罗伯特·清崎曾经说道：假如从孩子出生的那天起，每个月存下100美元，然后将这笔钱进行投资。以每年16%的盈利计算，74年后这笔钱将增至100万美元。一个孩子在他的有生之年可以轻松成为百万富翁。

不要认为每个月仅仅存入100元对于财富无济于事！不管你是从多小的数目起存，复利可以将这些小钱变成大钱，这样你就能给自己提供更加舒适的生活，而且也不用再为钱而担忧。

现在就开始行动吧，先了解储蓄的基本规则和存钱技巧，然后每个月将工资的30%存入存折！

当你面对漂亮昂贵的奢侈品，克制不住内心的消费冲动时，请默念以下这句

话：千万不要低估储蓄的威力！财富之路由储蓄开启！

人有旦夕祸福，银行存款是救急资金的"保管箱"。即使定期储蓄提前支取会有利息损失，但是本金却不会有任何损失。

无论股票还是债券，都无法做到这一点。所以在做投资时，留有一定的资金存在银行，对于保障资金的流动性还是相当必要的。

玩转储蓄的核心内容——定期储蓄

女人不仅要懂赚钱，懂花钱还要懂理财，不要觉得理财与自己遥不可及，其实在我们身边处处都是理财的门道。如果你害怕风险大，那就选择储蓄吧。

储蓄也有很多的窍门，用什么方法，选择什么比例都有讲究，这些都会直接关系到获利的多少。

决定储蓄理财的女人，一定要了解定期储蓄的几个重点储种，这是玩转储蓄的前提。

整存整取

整存整取是将整笔钱存入，约定存期，到期后一次性将本金和利息全都领走的定期存款方式。起存金额是50元整，多存不限。存期分别有3个月、6个月、1年、2年、3年和5年。

整存整取利息高，但是不够灵活，当你急需用钱时，可以部分提前支取，计息按存入时的约定利率计算，利随本清。请记住，整存整取只能提前支取一次。

存款到期以后也是分两种情况，一是有自动转存，二是没有。没有自动转存的，如果超过到期日期，可以随时结清，超过的部分按照活期计算。

如果带自动转存，超过到期日期，就会自动转入下一期定期储蓄。比如你开始存一年，到期就会带本金利息一起又转存一年。除非是到期当天不用身份证，其他任何时候结清都需要身份证。

 ## 零存整取定期储蓄

零存整取定期储蓄是指每月固定存额，集零成整，约定存款期限，到期一次支取本息的一种定期储蓄。

一般5元起存，多存不限。存期分为1年、3年、5年。

零存整取利率低于整存整取定期存款，但高于活期储蓄，可使储户获得稍高的存款利息收入。

零存整取可以预存（次数不定）和漏存（如有漏存，应在次月补齐，但漏存次数累计不超过2次），账户漏存2次（含）以上之后的存入金额按活期存款计息。账户金额等于应存金额时不允许存入。不允许部分提前支取。

零存整取一定要长期坚持，不能连续漏存2个月。若存储了一段时间后放弃，就会有一定的损失。

 ## 定活两便储蓄

零存整取适合工薪族女士，但是大部分女人都嫌麻烦，无法长时期坚持下去。

对于工作繁忙或者疏于理财的女人，定活两便储蓄可是个非常好的选择。定活两便储蓄可随时支取，既有定期之利，又有活期之便。

定活两便储蓄是指不确定存款期限，利率随存期长短而变动的储蓄方式。开户金额一般为50元。存期超过整存整取最低档次且在1年以内的，按支取日同档次整存整取定期储蓄利率打六折计息；超过1年（含1年）的，按支取日1

年期整存整取定期储蓄利率打六折计息；存期低于整存整取最低档次的，按活
期利率计息。

存期要大于或等于三个月

定活两便储蓄开户时不必约定存期，银行根据存款的实
际存期按规定计息。但是要留意支取日期，确保存期大于或
等于3个月，以免利息损失。

一个重要的功能——约定转存

很多工薪族，单位会在固定的时间把工资打到银行的活期账户上。如果把约
定转存的时间定在发工资的第二天，并且设定好转存额度（例如2000元），银行
到时就会将2000元转到你所设定的定期账户上。

约定转存业务有点类似于零存整取，但是存款人不需要每个月到银行单独办
理，可以省下不少时间。

"约定转存"这种机制，还能从一定程度上保持投资人存款的连续性，银行充
当了一个"自动存款机器"的角色，定时定额入账，有利于存款人的资金积累。

> 约定转存，需要存款人在银行设置一个转存起点
> 和转存账户

> 假如开办的是转存起点为2000元，转存账户是1年
> 定期存款的"定活约定转存"

> 只要活期账户上的资金超过
> 2000元，多余的部分就会自动
> 转进1年期的定期存款

> 活期账户上的资金不足2000
> 元，银行会自动将资金从定期
> 账户中"调度"到活期账户上

约定转存功能

办理约定转存的手续很简单，只要和银行预先签订转存协议，比如活期存款转定期存款、定期存款到期转成定期等，银行就会按照预先的协议自行办理。

使用"定活约定转存"业务的时候，值得考虑的一个要素就是银行的转存时间。不同的银行，在活期转定期的时间上有所不同。假如银行每天都将多于2000元转存起点的资金转存到定期账户上，投资人获取的利息收益，肯定要大于一周才转存一次的利息收益。

不要忽略通知存款

对大额活期存款或短期闲置资金，"通知存款"也不失为理想的储存方式。通知存款是指存款人在存款时不约定存期，支取时需提前通知银行，约定支取存款日期和金额后进行支取。

"通知存款"分为人民币和外币两种。人民币通知存款有1天、7天两个品种，外币只有7天通知存款一个品种。

1天通知存款必须提前1天通知银行约定支取存款，7天通知存款必须提前7天通知。约定距离支取的时间越长，投资人获取的收益率也越高。

通知存款是活期储蓄与定期储蓄相结合的存款品种，利率适中，由于有1天和7天提前支取的期限，其流动性比定期存款要好，适合那些随时可能急需用钱的储户。

 如何办理通知存款

通知存款需到柜台上办理，如果在取钱的前1天通知银行就按照1天通知存款利率计算利息，如果提前7天通知银行就按照7天的利率，如果通知后不去银行取款，按照活期。

个人通知存款的起存金额为5万元，存款人必须一次存入，可以一次或分次支取，最低支取金额为5万元。

通知存款存单上不注明存期和利率，银行按支取日挂牌公告的相应利率和实际存期计息，利随本清。

遇以下情况，按活期存款利率计息：

（1）实际存期不足通知期限的；

（2）未提前通知而支取的支取部分；

（3）已办理通知手续而提前支取或逾期支取的支取部分；

（4）支取金额不足或超过约定金额的不足或超过部分；

（5）支取金额不足最低支取金额的。

通知存款的门槛比较高

大多数银行都把起存额定在5万元。人民币通知存款的品种也只有1天和7天两个品种。如果未提前通知仍将按活期计算利息。

 通知存款的优势

通知存款的利率高于活期利率，低于定期利率，既保证了用款需要，又可享受活期利息2倍的收益。

通知存款作为一种流动性和收益性都能较好兼顾的储蓄存款产品，投资人可以在"五一"、"十一"长假期间，股票或外汇行情较为清淡的时候选择使用，作为安置大额闲散资金的方式，获取高于活期存款的收益。

 斤斤算计——储蓄的利息计算

女人天生就适合理财，心细、缜密，任何事情都想打破砂锅问到底，银行中的存款利息一般情况下都很明了，但是遇到特殊情况，如何计算？下面将一步一步地为您解答。

（1）利率调整时利息计算

活期存款：按结息日当天的利率计算，与存入日的利率无关。

活期存款的利率＝每日变化的存款金额×存款天数×支取时的日利率

定期存款：按存入日的利率计算，与结算日当天的利率没有关系。

定期存款的利率＝每日变化的存款金额×存款天数×存入时的日利率

从细节中往往能找到成功创造财富的突破口，抓住瞬息万变的细节也许就是你与其他女人的不同之处。

（2）提前支取或逾期的利息计算

定期储蓄的储户，若部分提前支取则支取部分按照活期存款的利率来计算利息，剩下的部分仍按照定期利率计算利息。

例如：你在银行存了3000元，存期是4年，4年中定期存款利率是20%，可存了两年，你想把这钱取走，提取时活期存款的利率是10%，那么你的利息是：

3000×2×10%=600元

定期储蓄的储户，到了存期没有去取存款，那么逾期的利息按照支取日活期存款的利率和相应天数支取，其余的部分按照原定的利率支取。

例如：小美在银行存了1000元，存期是2年，存入两年的定期利率是12%，小美逾期了20天去取，当时的活期存款月利率是1‰，那么小妹应取的利息是：

1000×2×12%+20×1000×1‰÷30=240.67

特别要提示的是：上例中的存款利率只是为了计算方便而设定的，并非是目前真实的存款利率。

（3）定活两便储蓄的利息计算

定活两便存款在3个月内的按照活期存款来计算；存期超过3个月的，按同档次定期存款整存整取利率的60%计算；存期在1年以上，包括1年的，无论存期多长，都按照支取日定期存款整存整取1年利率的60%计算，公式为：利息＝本金×存期×利率×60%。

 让利息倍增的存钱技巧

女人不仅要"情商"高"智商"高，也要具备一定的"财商"。只要心中拥

有信念，做个"财"女并不是梦。下面教大家一些储蓄小技巧，让你的"钱途"搭上顺风车。

我们知道银行利息的给付比率和选择的存款方式是有一定的联系的，例如，活期存款利息是0.4%，1年期的整存整取定期存款是3%，3年期的整存整取定期存款是4.5%……我们不难看出，存时间越长获得的利息越高，但同时它的灵活性就减弱。

针对此情况推荐以下四种技巧兼顾利息和灵活性。

良好的方法能使你获得巨大的财富，拙劣的方法只会影响你的财富聚集。

 ### 金字塔储存法(不等分存储法)

如果你手头现有1万元，可以分成4份来做定期存储，每张存单上的数额形成一个金字塔形状，以适应不同数额的需要。将1万元分为1000元、2000元、3000元、4000元1年期的定期存款，假如你急需2000元，那就只提取2000元的存单，即8000元照样可以享用定期利息。

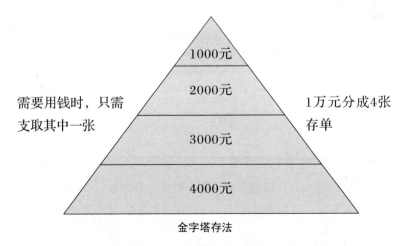

需要用钱时，只需支取其中一张　　1万元分成4张存单

金字塔存法

此方案的优点是减少了只需要小额现金却不得不动用大额存款的弊端，最大限度地减轻不必要的利息损失。

月月定存法(12张存单法)

　　月光女人虽然收入有限，但只要好好把握支出，巧妙利用储蓄节流，也能尽快让钱袋充实起来。月月定存法就较合适于上班族的女性，能最大程度地发挥储蓄的灵活性。

　　具体操作方法是：每月都存一定的额度，存单年限相同，到期时间分别相差一个月，共十二张存单。详细说，每月定期存款单的年限是一年，每月都存入一定数额的钱款，一年就会有十二张存单。到第二年，每个月都会有一个存单到期，如果有急用的话可以使用这笔钱，也不会损失利息，如果没有急用的话，可以继续续存。

第1年1月：存入1000元，存期一年，到期后转存	第2年1月：加上第1年到期存单，存入2000元，存期一年，到期后转存
第1年2月：存入1000元，存期一年，到期后转存	第2年2月：加上第1年到期存单，存入2000元，存期一年，到期后转存
第1年3月：存入1000元，存期一年，到期后转存	第2年3月：加上第1年到期存单，存入2000元，存期一年，到期后转存

月月定存法

日积月累，从少到多，奇迹就
可以创造出来，拥有财富不是梦。

 ## 阶梯式存储法

假设手头有10万元，可以将其中的4万元存为活期，作为家庭的备用金，以便随时支取。剩余的6万元，分别以2万元开设一年、二年、三年的定期存款各一份。一年后，可以将到期的2万元转存为三年期的定期存单，两年后到期的也可以转存为三年期的定期存单，那么三年以后你手里的存单都是三年期的，不同的只是到期的年限，它们之间依次相差一年。

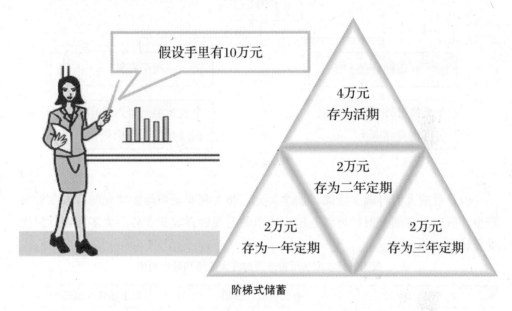

假设手里有10万元

4万元
存为活期

2万元
存为二年定期

2万元
存为一年定期

2万元
存为三年定期

阶梯式储蓄

此方案的优点是可以安全应对储蓄利率的调整，同时可获得较高的利息。比较适用于中长期储蓄。

 ## 组合存储法

组合存储法是将存本取息和零存整取相结合的储存方法。

假如你将一笔钱存入存本取息的账户，一个月后，将存本取息账户内的第一个月的利息取出，然后开设一个零存整取的账户，将每个月领取到的利息存入零存整取账户。这样你就会获得两份利息。

此方案的优点是可以将大笔不动的存款的储存，获得较高的利息。

结合以上四种方法，我们发现了使利息越大化的窍门：① 选择短期的定期存款储蓄；② 存款不宜集中存储，易相应分散；③ 将到期的不急于用的钱转存。

外汇储蓄

在储蓄中外汇储蓄的收益是相对高一些的，也因此吸引了多数人的眼球。在我国开办的外币存取款涉及9种外币：美元、欧元、日元、英镑、港币、瑞士法郎、加拿大元、澳大利亚元和新加坡元。

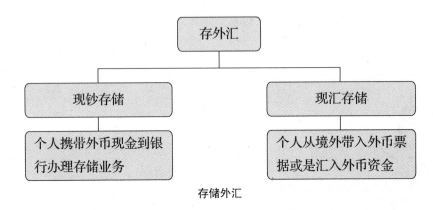

存储外汇

但是目前人们对瑞士法郎、加拿大元、澳大利亚元和新加坡元的存取款业务较少，所以只有部分银行可以办理上述币种的现钞存取款业务，大多数银行只能受理转账业务。

我国银行收取各币种外币的最大面值和最小面值

币　　种	最大面值（纸币）	最小面值（纸币）
美元	100	1
日元	10000	1000
港币	1000	10
欧元	500	5
英镑	50	5
瑞士法郎	1000	10
加拿大元	1000	1
澳大利亚元	100	5
新加坡元	1000（10000元面值只托收）	1

外币活期存款

外币活期存款是外币存入或是汇入银行而没有约定存期，随时可以存取的储

蓄存款业务。外币活期存储的账户包括：外币单币种、外币多币种。

主要涉及的币种有美元、欧元、日元、港币、英镑、瑞士法郎、加拿大元、澳大利亚元和新加坡元。

处汇活期存款起存金额

币　种	起存金额
美元	5美元
港币	50港币
日元	1000元
英镑	5镑
欧元	5欧元
瑞士法郎	10瑞郎
加拿大元	10加元
澳大利亚元	10澳元
新加坡元	10新元

 外币定期存款

将外币一次汇入或是存入并约定存期，到期后凭借存单或是存折支取。存款账户主要包括：整存整取外币存单、外币定期一本通。涉及的币种和活期存款一样。

外汇定期存款起存金额

币　种	起存金额
美元	10美元
港币	100港币
日元	2000日元
英镑	10镑
欧元	10元
瑞士法郎	50瑞郎
加拿大元	50加元
澳大利亚元	50澳元
新加坡元	50新元

 7天通知外币存款

在外币存储时不约定存期不注明利率。支取时提前7天通知银行，银行按照实际的存储时间和外币支取日的利率来计算利息。但凡受理外币储蓄业务的网点都可受理个人外汇7天通知存款业务。

外汇7天通知存款起存金额

币　　种	起存金额
美元	2000美元
港币	1000港币
日元	700000日元
英镑	3500镑
欧元	1000欧元
瑞士法郎	7700瑞郎
加拿大元	8300加元
澳大利亚元	9000澳元
新加坡元	10000新元

外汇储蓄利息增收技巧

　　如今我国持有外汇的人已经不在少数，但面对五花八门的外汇，怎样才能让这些外汇生财，这里有很多妙招需要我们学习。

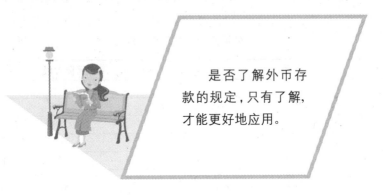

是否了解外币存款的规定，只有了解，才能更好地应用。

 选择币种

　　我国很多商业银行都可以办理外币存款业务，工、农、中、建、交等行都可以。

　　目前，国际金融市场的汇率起伏很大，我国的汇率和利率也受到了影响。如果您手中的外币在银行中的存款利率非常低，建议不要死守手中外币不放，这样只会使自己的资产缩水。可以将此外币换成存款利率较高的一种，或是在不同币种之间转换，来弥补损失甚至获利。

 选择存期

通常，开办的外币定期存储的存期有五个时间段：1个月、3个月、半年、1年和2年。

中国建设银行美元存款利率

存　　期	年利率/%
1个月	0.25
3个月	0.4
6个月	0.75
1年	1
2年	1.2

注：表中利率为2011年7月利率。

存期长则利率高，如果您只是单纯的有外币想进行存储的，可以直接选择长期存储，如1年、2年。反之在利率涨跌不定的情况下，最好选择短期外币储蓄，如1个月、3个月。

 办理自动转存业务

个人的外币存款逾期不取的话，不论时间长短，逾期部分都按活期的利率来计算，所以如果你工作繁忙，没有时间或是在境外不愿别人代办外币存款，就应该在首次办理外币存款业务的时候，要向银行申请自动转存业务或是预约转存，这样可以保护利息不受损失。

 合理应用"现钞"和"现汇"

"现钞账户"和"现汇账户"是根据外币储蓄存款的账户性质划分的。如果您有朋友或是亲人有外币汇入或带入国内，应该将这些外币直接存入"现汇账户"。因为"现钞账户"不论是汇出国外还是将它兑换成人民币都需要交纳较高的手续费，但"现汇账户"一般不收取手续费，即使收取费用也会比"现钞账户"低。

 利率比三家再存钱

储户在储存外币时要比较各个银行的利率，谨防吃亏。因为各个银行有自行调控利率的权利，只要不超过中央银行规定的利率上限就行，所以在选择外币储蓄的时候，一定要率比三家，让自己获得较大的投资利益。

两大银行外汇存储利率   单位：%

银行	货币	活期	7天通知存款	1年	2年	半年	3个月
中国银行	美元	0.1000	0.1000	1.0000	1.2000	0.7500	0.4000
中国农业银行	美元	0.1000	0.1000	1.0500	1.2500	0.8000	0.4500

注：表中利率为2011年7月利率。

由上表可见，在中国农业银行美元外汇的利率较高，而中国银行的利率偏低，所以储蓄美元的时候就可以到中国农业银行。

人民币汇率连连升，外汇储蓄该何去何从

最近今年人民币的汇率一路飙升，连连破关。最新外汇交易数据显示，2011年3月8日人民币对外汇的中间报价如下：

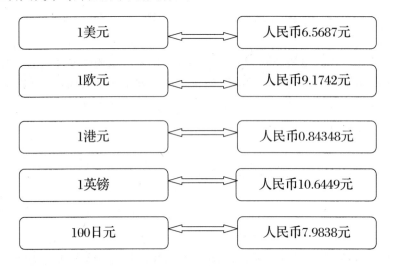

1美元	⟺	人民币6.5687元
1欧元	⟺	人民币9.1742元
1港元	⟺	人民币0.84348元
1英镑	⟺	人民币10.6449元
100日元	⟺	人民币7.9838元

人民币汇率的不断攀升，使不少外汇持有者面临财产"缩水"的危机。面对这样的情况，外汇储户应该何去何从，是继续死守还是立马结汇来躲避人民币升值对手中外汇的威胁呢？我们建议不要轻易结汇，要根据自己持有外汇的用途而定。

假如您储存外汇是为了出国或是子女留学、旅游、境外定居或境外投资等所用，建议现在不要结汇。

　　另外，如果您手里的外汇储蓄所占资产比例很低，建议您也不要着急结汇，资产应该合理配置，"鸡蛋不放在同一篮子里"，所以留一点外汇储蓄也是很有必要的，可以享受其他市场带来的投资收益。

　　但是如果外汇储蓄占您资产的比例很大，那么可以考虑支取一定比例。

　　鉴于目前美元"疲软"，人民币汇率不断创造新的高点，而且这种情况暂时不会改变，对于那些持有美元又没有明确目的和投资用途的储户来说，完全可以考虑现在就去结汇。建议大家在现阶段外汇存储时可以选择欧元、英镑等非美元的币种。

让**女人**有钱
一生的理财习惯

第9章 女人投资可练的五招"花拳绣腿"

女人除了固守保守的理财方式外，如果有充裕的时间和精力，可以多尝试几种收益高的理财方法，为自己的财富锦上添花。

旱涝保收的投资——国债

女人的幸福是靠自己创造的，如果你不想依附与他人，有自己的独立的经济权，想给自己买什么就买什么，那么进行稳妥安全的国债投资是必要的，只要您认真学习，一定"前途"无量。

国家发行国债的原因是为了一些耗资巨大的建设项目或是为了弥补国家的财政赤字，以及某些特殊经济政策乃至为战争筹措资金，由于国债的发行主体是国家，所以它具有最高的信用度，被公认为最安全最稳健的投资工具，称为"金边债券"。

什么是国债？

国债也称国家公债，是中央政府为筹集财政资金发行的一种政府债券，承诺在一定时期支付利息和到期偿还本金。

国债与银行存款相比具有很高的收益，其收益率一般高于同期银行存款的利率。

例如：2011年3月发行的2011年凭证式（一期）国债，其中1年期票面年利率为3.45%，3年票面年利率5.18%，5年期票面年利率5.75%。而同期银行储蓄的利率，1年期储蓄利率为3.00%，3年期储蓄利率为4.50%，5年期利率为5.00%。

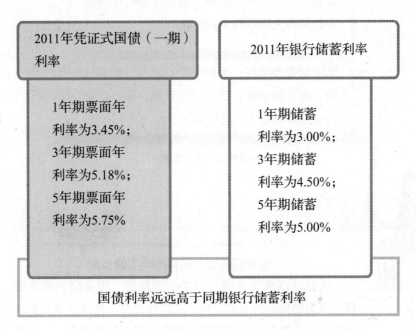

2011年凭证式国债（一期）利率

1年期票面年利率为3.45%；
3年期票面年利率为5.18%；
5年期票面年利率为5.75%

2011年银行储蓄利率

1年期储蓄利率为3.00%；
3年期储蓄利率为4.50%；
5年期储蓄利率为5.00%

国债利率远远高于同期银行储蓄利率

从债券发行的形式上来看，我国国债的种类有凭证式、记账式、实物式和储蓄式四种。

 凭证式国债

凭证式国债是以国债收款凭单的形式来作为债券证明，可记名、挂失，但不能上市流通转让，从购买之日起开始算利息。

假如投资人遇到紧急情况需要提取现金，可以提前到购买网点兑取。但提前兑取要偿还本金，利息根据投资者持有的时间长短及相应的利率档次计算，经办机构按兑付本金的2‰收取手续费。

所以，当投资者对自己的资金使用时间不确定的时候，最好不要买凭证式国债，以免自己的利益受到损害。在确定资金长时间不使用的情况下可以购买这种国债。

以百元为起点购买，各大银行的储蓄网点、财政部门的国债办理机构、邮政储蓄部门的网点都可买到

投资者购买凭证式国债只需要在发行期携带存款到各大网点购买就可以

购买时需要填写：身份证号、姓名、购买日期、购买的品种，还有就是金额，和办理银行定期存款的手续是相似的

如何购买凭证式国债

一定要记凭证式国债的购买时日期

凭证式国债没有统一规定的到期日，投资者购买的日期，即为到期时的日期。如果兑取日延期，应该到原购买点问清延期兑换的地点和办法，可能会交一些手续费；如果兑取日提前，应该到原购买点全额兑取，不可部分兑取。

 ## 记账式国债

记账式国债以记账形式记录债权，由证券所的交易系统发行和交易。

记账式国债可以自由流通转让。相对于凭证式国债更适合3年以内的短期投

投资者购买记账式国债，一定要在证券交易所设立账户，否则不能进行买卖，投资者只需在其债券账户上做记录就可以，不需要凭证或是纸券。

资者，因为它的收益率和流动性都高。记账式国债的风险也是有规律可循的，一般都是在债券发行期结束开始上市的时候风险波动比较大，投资者要尽量避开这个时间段。

 ## 实物式国债

实物式国债是以实物券的形式记录债权，投资者可以直接在国债发行机构购买。在证券交易所设立账户的投资者，可以委托证券公司购买。因为面值不等，不记名，不挂失，所以被称为无记名国债。

实物式国债不记名、不挂失的特点，使很多的投资者都感到不安全，害怕证券遗失、盗窃或是冒名顶替，目前我国这种实物式国债已经很少发行。

 ## 储蓄式国债

储蓄式国债是我国政府部门在境内发行的，经过试点商业银行向个人投资者发放，以电子的形式来记录不可流通的人民币债券，所以也叫电子式国债。

储蓄式国债采用了现代信息技术，以电子的形式来记录债券，更加人性化和时代化，受到越来越多的人的喜爱。

以电子记录债权的方式，免去了保管纸质债权凭证的麻烦，更加安全，同时债权查询也十分方便。

储蓄式国债是实名制，不可流通，但是如果投资者持有半年以上，也可以提前兑换，还可以将储蓄式国债作为抵押品，到原购买银行贷款。同时储蓄式国债的收益十分安全稳定，它是由政府的信用作为保障，票面利率在发行时就已经确定，不会随着市场利率或是储蓄利率的变化而变化。

需要提醒大家，储蓄式国债提前支取要收取相应的手续费。

取代活期储蓄的工具——货币基金

女人总是很小心谨慎地进行投资型理财，既想获得高额利益又不想承担很大的风险，货币基金的出现完全符合女人的"胃口"，因为它是天然"避风港"。具体来说，货币基金由基金负责人运作，目的是吸收社会闲散资金。

什么是货币基金？

货币基金是一种开放式基金，由基金托管人保管资金，并投向无风险的货币市场。它是储蓄存款的最佳替代理财品种，获得了"准储蓄"的美称。

为什么投资货币基金

货币基金为什么会赢得"准储蓄"的美称？它有什么显著的优势呢？

首先，投资货币基金本金有保证。

货币基金一般只投资信用等级极高的金融工具，或者投资政府部门发行的金融工具，所以信用和商业风险较低，客观上保证了本金的安全。

其次，投资货币基金流动强，收益率高。

货币基金资产主要投资于一些高安全系数和稳定收益的品种，如短期债券或是银行票据。其流动性可与活期储蓄相比，交易也十分方便，能够不断地进行滚动性投资，收益也能很快地跟上利率的变化，完全可以超过同时期定期储蓄存款的收益率，投资组合承担的利率风险极低。通货膨胀和短期利率上升时，能够及时把握住利率的变化和通胀的趋势获得较高的收益。

买卖货币基金一般都免收手续费、认购费、申购费、赎回费，同时管理费率低于其他类型的基金，仅为0.33%。当股票或是债券市场行情发生变化，投资者想改变投资方向时，只需交纳很低的费用就可以转向其他的基金，大大降低了投资成本。

 如何选择货币基金

有选择才会有收获，如果只是一味地道听途说，不进行实际的考察，那么你完全只是一个观望者，只有知道货币基金的投资方法，你才能够获得最大的利益！

第一：选择货币基金公司。

选货币基金就是选择基金管理公司。假如你一开始购买了B货币基金，现在投资市场行情大涨，于是决定购买F股票基金，但是回购货币基金得花很长时间，等资金到账了，行情就有可能已经下跌了。而如果你一开始选择的就是一家生产线完善的公司，恰巧F股票基金和B货币基金同在一家基金公司旗下，可以随时转换，那么，你就不会错过机会。

第二：选择优秀的基金管理人。

基金管理人是一个专业性的机构，负责基金的发起设立和经营管理。在我国，基金管理人由基金管理公司担任。基金管理人对风险控制能力的高低对货币基金的收益有很大的影响。

 投"基"小技巧

投资货币基金也有一些技巧，可别小看这些小技巧，它们往往能够起到四两拨千斤的作用，于微小中发挥巨大的能量。

第一个技巧是：买老不买新。

老的基金已经在市场上运作了很长时间，收益高低已经很明朗；新发行的基金能否获得较好的业绩无人知晓，还需要很长一段检验的时间。

货币基金和股票基金是有区别的。一般股票型基金在发行时的认购费比平时的申购费低，所以买新的股票基金比较划算。但货币基金无论认购还是申购都没有手续费，新基金也不占任何的优势。所以，选择有一定投资经验，业绩相对稳定的老货币基金是比较明智的。

受各方面影响，每款货币基金的收益都不可能相同，应该对货币基金进行综合的考察比较，选出收益最高的一款。

第二个技巧：选择适合自己的货币基金。

货币基金有A级和B级。A级适合普通的消费群体，起投金额是1000元。B级适合机构投资者，起头金额是几百万。

 ## 货币基金的买卖程序

在银行和证券公司都可以买卖货币基金，在银行购买货币基金比在证券公司购买安全性高。下面以银行买卖为例介绍买卖货币基金的程序。

第一步：开户和申购。

携带身份证、银行卡，设立一个基金公司的账户，与你在银行中的账户相连接。开户后你可以得到一个账号，这个账号不可以重复，一个人只能有一个，与交易账号不同，交易账号每次交易都会有一个，一般不必理会。

如果你申购的是将每月工资卡里的余钱由零存整取转为货币基金的"定额定期"方式，只需要每个月200元。

什么是申购?

申购，简而言之就是申请购买，第一次购买货币基金的最低金额一般是1000元或5000元，不同的货币基金和不同的代销银行规定有所不同，视情况而定。

第一次开户和申购时，要填写很多资料，一定要认真核对，检查收信地址是否正确，防止银行给您的邮寄账户卡和对账账单丢失，您还可以填写常用的手机号或是邮箱地址。

第二步：查询

开户、申购成功后银行会把你银行账户里的钱转到基金公司的账户，这样你就在基金账户上有了基金份额。一般这个操作过程得在申购后的第二天，你可以通过电话或是上网查询你的基金账户的情况。

第三步：赎回

当流动资金出现问题时，你可以申请将基金份额变成银行账户里的存款，这就是赎回。赎回的金额必须是100元或500元的整数倍。假如你剩余的基金份额少于100元或500元时，必须一次性全部赎回，可以通过电话、网站、银行柜台进行赎回操作。通常在赎回的一两天以后就可以到账。

有钱女人必练的招式——保本基金

保本基金是按照一定的比例将投资者的本金划分，其中大部分的本金用于从事固定收益投资，让到期时的本金加利息大致等于初期所投资的本金；极小比例的本金从事高风险的投资，赚取投资期间的利益。

保本基金的设计意图是让小额投资者可以参与股市跌涨的投资机会，但同时也可以保本。

为什么选择保本基金

从概念中就不难看出保本基金的优势，下面我们做一下具体剖析。

第一，有专业的担保公司。

保本基金最大的特色，是引入商业银行、保险公司或其他的专业担保机构对保本基金提供第三方担保，并在招募说明书上进行明文规定，满足一定的持有期限后，担保方将保证投资者拿到相应的本金或是一定的回报。

如果由于某些原因保本基金不能偿还本金，那么担保公司将承担连带责任，替保本基金偿还本金，保证投资者的利益。

可以说担保公司是保本基金的"守护神"，具有强大的资本实力，充足的流动资金，良好的信誉，专业的技术人才，能对保本基金的投资进行稳健的操作。

保本基金是跌宕起伏的市场中最理想的投资产品。

第二，保本基金本质上是一种混合型的基金。

保本基金本质上是一种混合型的基金，经常使用一种动态投资组合保险技术（CPPI）来实现保本，将投资者的本金按一定的比例划分开，其中大部分投入固定收益市场，例如债券、货币；小部分投入风险市场，例如股票，以此来取得更高的收益。

如果股票市场上涨，那么保本基金的投资就会获利；如果股票市场下跌，那么保本基金会尽快做出反应，将一部分资金从股票市场转移到风险小的市场，规避风险，达到"保本"的目的。

 ## 如何选择保本基金

既然保本基金有这么多优势，那么在投资的时候该怎样，让保本基金的优势发挥到最大？

第一，选择保本期限。

各个基金的保本期限都有差别，时间长短各不相同，我国的主要保本期限是两年和三年。较长的保本期限灵活性强，基金管理人能够更好地操作，获得较高利益的可能性较大，但投资者承担的风险也越大。

保本基金不可提前赎回

投资人若在保本期间赎回基金，就不能享受保本的保证，同时保本基金通常会对提前赎回基金的投资者收取较高的赎回费。

第二，选择保本额度。

越高的保险额度意味着越低的风险，资金的稳定性也越强，但也意味着资本的增值额度有限，取得相应的高利益的可能性越低。

第三，选择基金管理人。

实现资产的保值和增值是投资人投资保本基金最主要的目的。基金管理人在整个基金中起着核心作用。基金管理人的管理能力和风险控制能力对投资者的回报有决定性的作用。

第四，选择时机。

时机不会自己找上门来，需要我们自己寻找，时机的选择对投资的成败很关

键。最好的时机应该是低利率时，或是股市低迷时。下面我们用一个案例来阐述原因。

心迪手里有一笔数目不小的钱，她想拿这笔钱做一些没有太大的风险投资，问朋友该怎么选择，才能既保本又获利。

朋友向心迪推荐了保本基金，因为保本基金完全符合她的要求。并向她详细讲解了保本基金的运作过程以及设计理念。

心迪惊讶又兴奋："真的有这样的投资项目啊！"

朋友说："你也不要高兴得太早，这种投资一旦进入，就得三五年。提前赎回很麻烦。"

心迪说："这没什么，我手头的这些钱也不急用。存入银行获得的利息太少，投入股市风险又太大，何况现在股市这么低迷，太让人不放心了！"

"也是，你现在投入保本基金正是好时机，可以让你获得比存银行更高的收益，再者现在是股市跌落期，保本基金里的投资项目会以最低的价格选择一款股票，以后说不定这款股票就升值了呢，那么，你可就大赚了；即使股票没有回升，你也没什么损失。也可比直接投入股票市场让人安心得多！"

朋友看心迪在那儿细细地琢磨，接着说："你要考虑清楚了！"

心迪说："不用考虑了，投资找机遇，择日不如撞日，今天就去买吧！"

 ## 几种保本基金

保本基金在我国的种类很少，少则金贵，投资者很有必要做些了解。

元老级成员——南方避险

南方避险成立于2003年6月，是我国第一只保本基金，也是目前业绩最好的保本基金之一，适合长期投资者购买。

长跑队员——银华保本

银华保本成立于2004年，在变化莫测的股市风云中，银行保本一直稳健地运营着，并且有过良好的运作记录。

一匹"黑马"——国泰金鹿二期

国泰金鹿二期自2008年成立，它良好的运作，以及稳步的发展，为投资者所看好，属于后起勃发型。

需要指出的是保本基金不是百分之百保本，它会受通货膨胀的影响，但投资者也没必要过于恐慌，只要保本基金的收益率高于通货膨胀率，或是等于通货膨胀率就没什么大问题。

女人不可缺的理财方式——分红型保险

近年来分红型保险在投资市场上逐渐受到很多人的喜爱。因为它不单单是一种投资，还具有保险的功能，集理财、保险、养老为一体，是一种新型的保险产品。

分红型保险的本质是在未来很长时间内和市场收益率变动风险下的保单固定利率由投保人和保险公司共同承担。

在获得人寿保险的同时，保险公司将实际经营产生的盈余，按照一定的比例向保单持有人分配的保险形式为分红型保险。

 ## 分红型保险的优势

首先是设定了最低投资的基准线。

为了保障投资者的利益，分红保险在合同订立中就规定了投资最低收益的保底线。目前已经推出的分红保险投资收益的保底线在1.5%～2%之间。简单地说，就是无论保险公司是否盈利你都可以获得一定的收益，不受保险公司经营状况的影响。

其次是可以分享保险公司的经营成果。

分红型保险在保险公司有一个单独的账户，保险公司对其进行单独的核算和管理，简单地说就是分设账户，独立核算。

作为理财投资，人身保险是必不可少的，其中分红型保险涉及疾病、意外，甚至是巨灾风险，为投资者提供了多方面的选择。

最后是投资方式灵活，涵盖的投资范围广。

分红型保险的灵活体现在两个方面：交款方式可以一次付清也可以分期，大大减少了投资人的压力；如果客户急需用钱，可以拿保单抵押进行贷款，在规定的时间内归还将不影响本年的分红。

 ## 如何得到公司红利

如何才能得到公司红利，是每个人都关心的问题。

如果这一年度保险公司的这个险种经营获利了，有较多的盈余，那么，保险公司就会以不低于70%的比例返给投保人；如果这一年度保险公司的这个险种出现亏损或投资利润为零，那么，保险公司将无红利可分。投保人和保险公司共同分享经营成果，增加了投保人的获利机会。

从理财角度客观地进行分析，女人将自己手中多余的钱交于保险公司运作比自身直接进入证券市场要好得多。

相比直接进入投资市场，把钱交给保险公司运作有很多优越性。

保险公司的投资渠道宽。一些债券的发行只针对于保险公司，例如国债、金融债、政府债。而这些投资工具的投资效益，是最安全最稳定的，同时也可以获得高于同时期银行利率的收益。

其次，保险公司有专业的理财师，在理财方面更具有权威性。

最后，险种在整个运作过程中都是透明的，使我们对公司经营成果有一个清晰的了解。

 ## 如何选择分红产品

保险专家指出，分红型保险是一个"先苦后甜"的产品，只有中长期持有者才能让这份保单发挥它应有的效应，所以最好不要将它与股票、基金或者其他短期银行理财产品相提并论。

同时在选择分红型保险的时候，不能盲目，要掌握几个重要的方法。

首先是选准投资方。

分红产品能否获得较多的红利，和选择的保险公司也是有关系的，因此投保人对有意向的保险公司要多做考察，了解公司的行业评价、分红能力、运营情况、代理人的专业水平、公司的服务理念等。知己知彼，才能百战不殆。

其次是选准险种。

众所周知分红险的种类很多，诸如教育、养老、身故保障等。因此投保人在投保的时候，必须根据自身的真实需求来选择适合自己的险种。而且分红险产品还包括意外险、健康险以及定期寿险等附加险，可供投保者选择。

最后是选准红利分配方式。

投保人必须根据自己的经济状况和资金的流动需求选择合适的投保方式，是一次性还是分期，以及红利的领取方式。红利的分配方式有两种：现金红利和增额分红。

什么是现金红利?

以现金的形式将盈利分配给投保人的方式为现金红利。适用于对现金有需求的投资者，它的灵活性比较高。同时保险公司提供了多种红利领取方式以方便投资者，如现金、抵交保费、购买交清保额等。

增额红利是指在整个保险交易期内，每年都以增加保额的方式分配红利。适用于不急于用钱的长期投资者。这种方式一旦选定，就不能取消。

 分红型保险投资的不足之处

世界上任何东西都不是完美无缺的，分红型保险也有它的不足之处，下面给大家举一个例子来阐释。

张女士去年以年交的方式在保险公司买了份终身寿险分红产品，当时买的时候保险公司说可以得到很高的回报，但是今年张女士拿到实际回报却少得可怜，张女士很不解，于是想退保。

鉴于这种情况保险公司给张女士做了细致的分析。

即使去年保险公司的经营和投资效益较好，以年交的方式投资分红产品的投资者在开始期，也不会得到很高的经济效益。张女士买的是终身保险，这类产品保险公司在前期运作的时候花费比较大。

具体来说，在张女士交保费的首年，保险公司减去支出的费用后，可供保险公司当年投资运作的资金就很少，这样有限的资金即使效益很好，最后平摊到所交保费中，平均的收益率也很低。所以这是款长期投资的产品。中途退保是很不利的，保险公司只能按照现金价值退保，从而造成经济上损失。

张女士听完保险公司的详细介绍，觉得自己还是放长线钓大鱼的好。

通过上面的小故事，我们不难总结出分红型保险存在的不足之处有：

第一，以年交方式的投资者在前期回报不高；

第二，中途退保会蒙受较大的经济损失。

生活增加点刺激——股票

如果你具有冒险精神，并且有充足的资金，那么就来"玩转"股票吧，因为股票的收益是丰厚的，也是最快的。但一定要将股票与赌博区分开来，不要"走火入魔"。

什么是股票？

股票是股份公司为筹集资本而发行给出资人作为持股凭证，用以证明出资人也就是股东的身份和权利，借此取得股息和红利的一种有价证券。股票代表着持有者对股份公司的所有权。

股票的独特之处

股票，是影响最大、涉及范围最广、参与人数最多的风险投资工具。它究竟有什么独特的地方呢？

第一个特点：流通性强。

股票是一种没有规定具体偿还日期的有价证券，出资人只要购买就不能要求退股，但是股票可以在股票市场上进行自由转让，也可以买卖、赠予、继承、抵押。

无记名的股票可以直接转让，记名的则要求股东在所持的股票上进行签字背书转让。由于极强的流通性，股票成为一种重要的投资工具。

第二个特点：稳定性好。

只要所发行股票的股份公司存在，那么股票就有效，股票持有者的股东身份和红利就不会改变，所以很适合做长期投资。

第三个特点：债权性。

股东持有股份公司的股票，就有与其股票份数相当的权利和义务。具体的权利表现在可以参加公司举办的股东大会，在股东大会上进行投票表决，参与公司的经济管理和运作，还可以领取相应的股息和红利，获取应得的投资利益。义务主要是承担公司的经营风险和做出相关的经营决策。

 ## 如何选择长期投资型股票

只有所选择的股票是具有持续发展能力和盈利能力的上市公司股票，才可以让你不断得到红利与股息。那么哪些股票是值得我们长期投资的呢？

第一，有足够流动现金的公司的股票。

第二，服务一流的公司的股票。这些公司能够很好地处理与投资者之间的关系，及时有效地更新网站信息，对于投资者的询问做耐心的回答，不定期地与投资者保持联系。

第三，公司是行业的领头羊。像我国的伊利、茅台、工商银行都属于这样的行业龙头公司。

第四，公司是非周期性的公司。一些资源产品，如有色金属、能源等属于周期性行业，不适合做长期的投资。这些公司的股票做短期投资有利可图，但不适合进行长期跟踪和把握。

 ## 选"股"小经验

选择股票的方法很多，但基本的经验有几条。

第一步，看每段时期的财务报表，做行情调查，同时综合自己的知识、理论、技术进行详细的分析，做出科学决策。

第二步，多了解一些股票发行公司。

了解公司的经济情况和财务情况，包括其资金的强弱、技术实力、发展空间、偿还能力以及公司的经营理念。要了解公司的经营情况，可以去税务局或是找公司内部的人，不要被公司的表面现象所迷惑，也许公司只是一个空壳子或"挂羊头卖狗肉"。

一个真正的投资者每天都得做行情记录，因为在记录中你会不断涌出新的想法。

第三步，进行比较。

目前上市的一些公司很多都是与我们的生活息息相关的，比如奶业、电器、银行等。只要我们对周围的事物进行细致的观察和比较，就不难发现一些问题。近几年来，在电器行业，彩电和空调的供大于求，使得各家生产公司打开了价格大战，争夺市场，高额利润期已经不复存在。除非生产出科技含量更高的产品，或是向国外市场开拓，否则就可能被市场浪潮所淹没。

 ## 股票不足之处得规避

股票的不足之处也不得不提到，女人在投资的时候必须注意。

第一：股市风险巨大。股市充满着机会和陷阱。普通人能通过股市一夜暴富，百万富翁也可能在股市中输得一无所有。股市具有瞬息万变的特点，存在着巨大的风险，入市前一定要做好承受风险的准备，同时一定要用闲钱进行投资。

第二：信息不实。上市公司的信息资料与实际情况相差甚远，若不看清实际情况，就很容易导致投资失败。

毋庸置疑，股票投资存在着巨大的风险，一旦投资失利，可能遭受巨大损失。所以作为一个股票投资者，如果风险承受能力较低，就不要选择股票投资。

第10章 信用卡使用有技巧

巧用信用卡不但能享受到卡片的便利，还能帮助我们养成理财的好习惯，戒除掉无度和无理性消费的坏习惯。

女人的第二个钱包——信用卡

加菲猫说："Money is not everything. There's Mastercard&Visa."（现金不代表一切，还需要有信用卡。）可别以为这只是一句玩笑话，如今，信用卡以其独特的透支消费和透支取现功能，成为了我们必不可少的"第二个钱包"。

女人天生爱购物，信用卡既可以是女人的天使，也可以是女人的魔鬼，信用卡轻轻一刷，没有任何花钱的心疼感，有些人因此无度透支沦为"卡奴"。其实

精明的女人需要掌握用卡窍门，让信用卡也能成为个人的理财工具。

信用卡本身是个好东西，关键要看我们怎么使用。

找银行借钱不用还利息——这是信用卡消费的一大特点。其实，享受免息待遇只是信用卡最基本的功能，关键是利用不同信用卡的还款期限来拉长缴款期限，做好资金调度，这才是理财的基本功课。

总之，信用卡使我们的生活变得更加便利，已经成为我们生活中不可缺少的支付工具，也是我们建立良好信用记录的重要途径。

女人理性地使用信用卡，让信用卡成为理财的得力帮手，妥善理财，乐在将来。

四步消除不良消费习惯

女人对待信用卡的态度分成两类：一类超级喜爱信用卡，手里卡片多多，充分享受信用卡的便利；另一类是视信用卡为老虎，因为信用卡让她养成了无度消费的坏习惯。

的确，消费付钱时，用卡轻轻一刷便完成了消费付钱行为，仿佛用的不是自己的钱，丝毫不会心疼，只有到还款时，腰包里的巨款瞬间化为乌有才会心疼。

其实，巧用信用卡不但能享受到卡片的便利，还能帮助我们养成理财的好习惯，戒除掉无度和无理性消费的坏习惯。

 ### 先把信用卡当成记账本

许多人都遇到过这种情况，每个月没觉得买了什么东西，钱却花了不少，钱跑到哪儿去了？其实解决这个问题很简单，只要把每天的各种消费记录下来，再以月或季度为单位进行整理就可以了。可是，说起来轻松，做起来困难，真正记过账的人都深有体会：记账难在坚持，很多人都半途而废了。

信用卡可以帮你轻松解决这个难题，让你对自己的支出有一个明确的了解。信用卡的一个最突出的特点就是：不仅可以记下消费的金额，而且能够告诉你钱花在什么时候、什么地点、花在什么物件上面。

每个月只要拿着信用卡的账目表，就可以对一个月的消费情况有清楚的了解，至少可以知道较大金额的支出都用在哪些地方。如果这个月在某方面花费过多，那么下个月就要有针对性地加以控制。

四步消除消费坏习惯

下面告诉你如何四步戒除无理性消费的坏习惯。

第一步，所有消费尽量刷卡；

第二步，月底还款前将信用卡消费记录打印出来；

第三步，核对每月的消费情况，整理出不理智的消费记录；

第四步，消费前多问自己："这个我一定要买吗？""买后会不会成为搁置品？"如果多次询问结果都没有问题，再掏钱也不迟。

第2个月继续循环第一到第四步，坚持几个月就能看到效果，一般在第3个月就可以"修成正果"了。

信用卡省钱妙招

巧用信用卡汇款不花钱

与普通的储蓄卡不同，许多银行的信用卡异地存款可以免收手续费，比如中

如果要汇款，你可以通过对方的信用卡汇款，只要凭对方的信用卡号就可在本地同系统银行存款，资金可以即时到账。这种汇款方式无论汇多少次、汇多大金额都是免费的，对那些经常给亲属汇款或生意资金往来频繁的人来说是最适合不过的。

国工商银行、中国建设银行的国际信用卡，灵活利用好这一政策可以达到免费汇款的目的。

不过要提醒的是，许多银行的电脑系统，在使用信用卡存款功能时，只能依据信用卡号存款，银行系统不能看到信用卡的户名，所以千万要记牢卡号，一旦存到别人的账户上，追回资金可就困难了。

 ## 办卡出国免去汇兑差

现在不少银行都有各自的银行卡，既有纯粹的国际卡，如中国银行的长城国际卡，也有中国建设银行、招商银行等银行的多账户借记卡和信用卡。

在不少国家和地区都可以直接刷卡消费，而不用现金支付，对于经常出入这些地方的人来说，不妨到银行去办一张适合自己的银行卡，有了这种卡，就免去了不必要的兑换之苦。

有子女在国外念书的，更需要办一张卡，父母持有主卡，子女持有附卡。这样一来，主卡在国内存款无需手续费，子女的附卡在国外消费也无需支付手续费，免除了汇款环节，几年省下来的费用也是很可观的。

 ## 刷卡消费用积分换礼品

小米总是捧回一些小礼品，而这些小礼品竟然全是"银行掉的馅饼"，这实在是令他的朋友羡慕不已。

原来信用卡都用刷卡换积分活动。千万不要小看这些"小恩小惠"。如今平均每月花费1000多元进行购物的姑娘们不在少数，每逢购物都能享受到至少9折左右的优惠，积分高了还有礼品拿，何乐而不为呢？再说有了刷卡消费，也不用成天带着大笔现金在身上，出入也安全。

逢年节假日期间，各家银行都会推出客户优惠活动，仔细了解这类信息，还可能从中获利。

比如各家银行为了鼓励持卡者消费，往往会推出一些诸如双倍积分、刷卡换礼、品牌折扣优惠礼遇等项目在内的大礼包，为持卡人营造一个更加精彩纷呈的节假日。因此，爱购物的女人在节假日购买商品时，用信用卡不仅可以省钱，甚至还有获得奖品的机会。

假如你有一张中国工商银行的国际卡，还有一张招商银行的国航卡，两张卡交替用，结果两张卡都有积分，而积分都不高，那不如固定使用一张卡，可以积攒更多的积分换礼品。免费的礼品谁不爱呢？

信用卡在刷卡消费后，持卡人最长可以拥有50多天的免息期。也就是说，只要你在这50多天时间的任何时候把透支消费的钱补上，银行都不会收取你一分钱的费用，相当于无息贷款。

 ## 享受最长透支免息期

信用卡刷卡消费，银行第二天才入账，所以在结算日（例如每月22日）刷卡透支可以享受50天免息期，每月23日刷卡透支的免息期为49天，24日刷卡透支的免息期是48天日，免息长短依次递减。

换言之，某银行每月22日是结算日，如持卡人在每月22日刷卡透支，只要在50天内偿还该透支款项，就免收利息。

 ## 提前圆梦，用信用卡分期付款

在信用卡的所有功能里，有一个很重要的功能就是分期付款。

信用卡分期付款和银行按揭分期付款买房原理差不多，一套房子价值30万，刚上班的年轻人基本是无力购买的，但如果把30万分成30年来付，每个月就仅需要付款1000多元，这样很多年轻人都有实力拥有一套房子。

例如有的年轻人刚参加工作时，用信用卡分期购置了手机、笔记本、数码相机等。如果不是分期付款，他们根本买不起这些奢侈消费品，等存够钱再买更是

分期付款就是信用卡持卡人在进行一次性大额购物或服务消费时，可将付款总额分解成若干期数（月份），只要按时偿还当期款项即可。

有难度，因为他们几乎存不住钱。但是信用卡分期付款可强制他们每个月省吃俭用进行储蓄。

信用卡分期有两个功能：提前圆梦，强制储蓄。

不要被宣传误导

大部分银行都宣传信用卡分期付款免利息免手续费，这样的宣传很容易误导冲动消费的女性朋友。分期付款没有利息但还是要收手续费的，在做分期付款前最好还是弄清手续费是多少，每家银行的手续费不尽相同。

如果银行提供的商品价格和市场价格基本一致，采取信用卡分期付款方式不失为一种好的理财产品，可以使用银行的钱提高自身的生活质量。

 ## 取现有手续费，信用卡不能当存折

李洁的工资卡上经常有1万到2万元的现金，由于经常乘坐公交车，她担心钱遭小偷光顾，于是，向银行申请办了一张信用卡，把钱都存入信用卡中。

李洁想得很简单，消费直接刷信用卡，要用现金就直接使用信用卡到银联机上去取现，再利用免息期将款还上，这样很便捷，也没有额外花费。

但李洁没有想到一个月过去之后，银行给她寄过来的账单上居然产生了费用。李洁咨询银行才知道，用信用卡在柜员机上取款是需要向银行交付手续费的。

信用卡消费便捷，但是使用不当也会给人带来烦恼。很多理财专家都告诫大众要尽量减少钱包里的卡。有些人为了减少钱包里的卡，把钱存入信用卡里，将信用卡当存折使用。这种做法是聪明之举还是糊涂之举呢？当然是糊涂之举！因为从信用卡内取钱是要支付手续费的，专业术语叫做"取现手续费"。这笔手续费是多少呢？看看下面各行收费比例的表格就知道了！

各银行本地取现收费标准

银　　行	本地取现收费政策
中国工商银行	在本行取现金，不收取手续费；在他行柜台取现收取1%，最低1元，最高50元的手续费；跨行ATM取现2元/笔
中国民生银行	本行取现金手续费每笔0.5%，最低1元，他行取现金手续费每笔1%，最低1元
中国建设银行	无论信用卡里是否有存款，信用卡取现金手续费每笔0.5%，最低2元最高50元，每天最多取2000元；信用卡透支取现时利息为每天万分之五
招商银行	无论信用卡里是否有存款，信用卡取现金手续费每笔1%，最低10元；信用卡透支取现时利息为每天万分之五
中国银行	本行ATM取现手续费1%，最低费用8元；本行柜台取现手续费1%，最低费用10元
交通银行	透支取现时，手续费是1%，最低费用10元，利息为每天万分之五，信用卡本身有存款时，每笔手续费0.5%
广发银行	提取信用卡自有存款无手续费，透支取现2.5%，最低10元，利息每天万分之五
上海浦东发展银行（标准普卡）	在柜台取信用卡内的已有存款免手续费，但在ATM机上取现包括卡内已有存款则收取3%，最低30元的手续费；利息每天万分之五

注：以银行实时公布的政策为准。

看到这里你一定很生气，你要质问：我取自己的钱，既没透支，也没有跨行，为什么要收手续费？这的确是让人无奈的规定，更可叹的是对于这一规定，不少持卡人并不清楚，有人用信用卡消费一两年了，还没搞清楚信用卡和借记卡的区别；还有人嫌每月到银行还款太麻烦，就提前存一大笔款进信用卡内，等急用现金时却花了冤枉钱。

信用卡不能当存折用
钱存入信用卡里，取出要收手续费，所以钱最好不存入信用卡，信用卡不能当储蓄卡用！

不花冤枉钱，让信用卡免收年费

　　许多女人因为信用卡收取年费而望而却步，其实大可不必因噎废食。如今信用卡市场竞争激烈，大部分银行对信用卡有年费减免政策，只要利用银行的规则，就可以让你的信用卡免收年费。

　　各行信用卡免年费政策的详细内容如下。免年费政策一般适用于大多数卡，有些联名卡免年费政策会有特殊规定，可以浏览银行的网页查看。银行会随时调整优惠政策，以吸引更多的消费者使用，所以消费者也需要经常浏览银行的网页查看，并以银行公布的最新优惠政策为准。

各银行信用卡免收年费优惠政策

银　　行	免年费政策
中国工商银行	一年内刷卡5次，不限金额，免当年年费
交通银行	首年免年费，刷卡6次，不限金额，免次年年费
中国建设银行	首年免年费，刷卡3次，不限金额，免次年年费
中国银行	首年免年费，刷卡5次，不限金额，免次年年费
中国农业银行	首年免年费，刷卡5次，不限金额，免次年年费
招商银行	首年免年费，刷卡6次，不限金额，免次年年费
中信银行	发卡后第一个月刷卡1次免首年年费，当年刷卡5次，免次年年费
中国民生银行	首年免年费，刷卡8次，不限金额，免次年年费
兴业银行	首年免年费，刷卡5次，不限金额，免次年年费
中国光大银行	首年免年费，刷卡3次，不限金额，免次年年费
华夏银行	首年免年费，刷卡5次，不限金额，免次年年费
广发银行	首年免年费，刷卡6次，不限金额，免次年年费
深圳发展银行	首年免年费，刷卡6次，不限金额，免次年年费
上海浦东发展银行	首年免年费，标准卡普通消费2000免次年年费，金卡消费5000免次年年费
东亚银行	首年免年费，普卡刷卡5次或消费2000；金卡刷卡10次或消费5000元，免次年年费

注：以各银行实时公布的政策为准。

　　如果你在一年之内没有刷够银行规定的次数或款数，很不幸被扣去了年费，也不要着急，你可以致电银行客服电话，申请退回年费，银行客服人员会重新给你一个期限，在这个期限内刷够次数，已被扣取的年费就会退回到你的信用卡账户里。

谨记信用卡还款的两个特殊规定

　　申请的信用卡有什么用呢？专家认为，应该多发挥信用卡的透支、循环消费等功能。但一定得记住要按时还款，否则，每天5%的罚金会罚得你心痛。

如果工作繁忙，担心不记得还款，可在申请信用卡的银行同时申请一张储蓄卡，并与银行签订一个还款协议，在免息期的最后一天，由银行自动从储蓄卡中扣款。例如可以把信用卡与工资卡挂钩，由银行在免息期的最后一天自动到工资卡上扣款。

 ## 部分还款，全额计息

在国外有一种说法：要么全还，要么就不还。如果在免息期内不能全额偿还透支消费款项的话，就要支付从交易入账日至还款日止的贷款利息，而且是按透支消费款项全额计息。

例如，某持卡人在上一个账单周期刷卡2000元，在还款日只还了最低还款额200元，那么银行将对上一个账单周期的所有交易金额，也就是2000元计息，利息为每天万分之五，利息由此会产生迅速增长（有可能还有滞纳金）。

最典型的事例莫过于2005年初发生的一件事：由于记错了还款额，中国工商银行国际信用卡用户张先生在还款日之前少还了0.24元，结果就产生了853元的利息。虽经多方协调努力，银行终于退还了已划拨走的利息，但这样的麻烦还是少碰到为好。

在银行看来，每月不是全部清偿透支的用户，是最有利可图的好顾客；而那些按月全部清偿透支，让银行没办法赚取利息的"躲避债务者"则是制造利润的克星。我们就要做这样的理性"躲避债务者"。当然，如果到期确实不能全部还款，也尽量按银行规定的最低还款额还款，一则表明态度，二则可以少支付一些滞纳金。

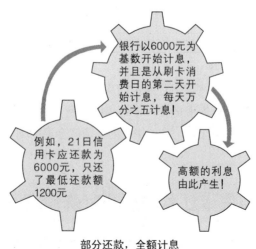

部分还款，全额计息

目前，中国工商银行自2008年起废止最低还款全额计息制度，只对未清偿部分以日万分之五的利率计息，其他银行仍然是部分还款全额计息。

还款日以款项到达账户为准

几乎所有的银行都在宣传自己的信用卡有最长50天（甚至是56天）的免息期，不少用户受此影响，总要满打满算享受最长的免息期。实际上就曾发生过不少这样的事情：用户在到期还款日当天或前一天还款，却仍被告知要偿付超期利息。

原来自动存款机还款和跨行还款不是即时到账的，是要1至3天到账——你认为已经按时还款了，可银行却不这样认为。

为了稳妥起见，用户应尽量提前两三天去还款，并最好问清楚还款后何时到达账户做到心中有数。

怎样让信用卡"生钱"

在多数人眼中，信用卡是提前消费的工具，只能在刷卡机上用。殊不知，如果使用方法得当，信用卡还有帮您"免息偿还贷款"，免费"生"出现钱等功能。下面就介绍几招信用卡"生钱"的秘诀。

给别人刷卡，为自己免费取现

这一招适合喜欢玩乐消费的人。陈小姐是位外企白领，喜欢参加朋友聚会，每次消费在百元左右，别看每次一百块钱不算多，一年积累下来，也是笔不小的支出。然而陈小姐却一点压力都没有，原来她有一张会"生钱"的信用卡。秘诀何在呢？

　　朋友聚会结束了，结账时陈小姐主动要求埋单，当然并不是由她请客，她用信用卡结账后，朋友们便会把各自的"份子钱"交给她。她之所以这样做，是为了增加信用卡的积分。"别小看这些积分哦，我会得到不少银行赠送的小礼品呢。"

　　当然，小礼品只是附带价值，陈小姐的目标是"取现"。如果有朋友需要大额购物，陈小姐都会主动陪着去。同样用自己的信用卡为朋友付款，再从他们那里收取现金。"信用卡取现可是要手续费的，而我这种方法却是一分不用，照样从银行'借'到了钱。"

　　用这种方式取出的现金如果比较多，可以存入银行或者投资货币基金，这样每个月都有一笔不小的利息收入。

信用卡有长达50天的免息期

　　在免息期内，你完全可以将原本准备用于消费的这笔钱做一些短线投资，比如买点基金或股票，如果实在懒得费劲，把钱存在银行吃点利息也是划算的！

　　使用这种方法的持卡者要注意，餐饮、家电购买等一般生活消费，都能按金额计算积分。但是诸如买房、买车这样的大笔消费，就不能享受积分了。

多卡"接力"，享受"免息"贷款

　　作为贷款买房的城市"负翁"，不用交利息，却可以享受银行长时间的小额免息贷款，您一定觉得不可思议吧？而张先生夫妇却轻松做到了。

　　以前，他们每月要还4000元贷款，再加上日常开支，总是要省吃俭用，自从办了四张信用卡循环使用后，不花一点利息，就可天天享受银行长达50天的小额免息贷款。秘诀就在他们利用信用卡的不同记账日。

　　张先生夫妇两人共有四张信用卡，一张卡记账日是每月的5日，两张卡记账日在每月11日，最后一张卡则是每月的月底。

　　每月6日到12日期间，他们先刷记账日是5日的卡，得到最长的免息期，在

12日到30日期间，则刷记账日是11日的卡，每月1日到5日，就刷最后一张卡，这样每张卡都可以充分享受最长的免息期。

这样一来，张先生就成功地将几笔大额消费，分解到将近三个月时间里，使当月的还款压力降低到最低。

在此需要提醒的是，持卡较多的人，一定不要记错每张卡的记账日，最好制定一张明细表，以免忘记还款被罚息。

记账日与还款提醒

信用卡	记账日	消费起始日	还款日
中国银行	每月21日	22日起消费能享受最长50天免息期	每月10日还款
中国工商银行	每月1日	2日起消费能享受最长55天免息期	每月25日还款
招商银行	每月15日	16日起消费能享受最长45天免息期	每月3日还款
交通银行	每月14日	15日起消费能享受最长55天免息期	每月9日还款
中信银行	每月2日	3日起消费能享受最长48天免息期	每月21日还款

 ## 巧设时间差，借"基"生蛋

近年基金大热，有很多人苦于缺少资金不知从何入手。信用卡持卡人其实也可以通过信用卡定期定额购买基金，享受先投资后付款及红利积点的优惠。具体来讲就是在基金扣款日刷卡买基金，在结账日缴款，不仅可以赚取利息，还可以以零付出赚得报酬，不失为一种短线投资的好方法。

小李把货币市场基金的赎回日定在信用卡还款日的前一天，这样小李完全可以利用赎回的基金金额，偿还信用卡买基金时扣掉的钱。目前货币市场基金收益率在2%左右，比银行存款高一点，这样一来小李还赚到了两者之间的差价。

需要注意的是，投资基金有风险，购买时一定要确认自己是否有偿还的能力。此外，注意信用卡的透支额度，以免被收取"超现费"。

第11章　做家庭的理财精算师

婚姻生活离不开金钱，运用良好的理财方法，处理好婚姻中的金钱问题，会增强女人的生活幸福感，让婚姻生活更加多姿多彩、其乐融融。记住：婚姻本身就是理财，你想成为"贤内助"还是"贤内阻"就看你的选择了。

好"钢"用在刀刃上

一位大师曾这样说过："男人的最好财富就是一个爱妻。"也许你拥有含情脉脉的眼神，也许你具有风姿绰约的身材，也许你具有圆润动人的声音，但是这些都不能是婚姻幸福的筹码。

金钱是婚姻生活中一条无形的纽带互相制约着双方，同时也是处理婚姻矛盾的一把钥匙，如果这把"钥匙"用得好，婚姻生活会更加美好幸福。每个女人都希望自己的生活和谐美满，所以在金钱的态度上要收缩自如，有理有据，让金钱这块好钢用在刀刃上。

强子的妻子是一个典型的"小抠女"，什么事都是能省则省，最可笑的是结婚装修的时候，"小抠女"竟然为了省几个钱，硬生生地让强子把10袋水泥从1楼扛到7楼，结果强子肩膀疼了好几天。

"小抠女"进超市更恐怖，真正让你见识到什么是货比三家，为一桶油能在超市待上半个小时。不过说实话，还真是省了不少钱。不过这个抠样让强子觉得特别不爽。

一天强子的母亲给强子打电话，说他爸爸下楼的时候滑了一跤，骨折了得要好几千，家里一时拿不出这么多钱，想问强子借点。强子想父母从来没问自己开过口，第一次开口，自己一定不能让爸妈失望，但是"小抠女"在钱这方面算计得这么仔细，为了不给自己惹事，强子打算私底下向同事借几千块钱给母亲。

还没等自己开口借呢，母亲的电话就打过来了，说是"小抠女"已经把钱送过去了，而且还送了好多的补品，说是补骨头的，听母亲这么一说，强子觉得很感动，很幸福，娶到了这么善解人意的"小抠女"。

晚上回家的时候，强子特地给"小抠女"买了一件衣服，体谅和了解永远比最动人的容貌更令人动心。

钱是生活的必需品，也是女人处理好家庭生活的关键之一，不要以为金钱上的小恩小惠不会打动人，让人感动的往往都是一些细节，所以想要你的老公爱你，巧妙应运金钱的手段，也是不可缺少的。

彤彤是一家小公司的文员，一个月只能挣一千来块钱，但是她每个月总是会偷偷抽出其中的一二百给她的公婆寄去，因为她的公婆都在偏远的山区，生活条件特别差，彤彤觉得虽然老公也会给他们寄钱，但是自己作为儿媳，也是有义务帮助家人的。

彤彤的老公刚开始还老埋怨彤彤："每个月怎么刚发工资，就没了好几百呢！也没见你买到什么。"彤彤每次都笑笑。有一次，彤彤老公在洗彤彤上衣的时候，发现了一张汇款单，地址是他们老家。彤彤老公突然都明白了，原来彤彤的钱是寄回自己老家了，他一下就哭了，在心里暗暗发誓，一定要让彤彤过上幸福的生活。

每个女人都希望自己的生活和谐美满，所以在金钱的态度上要收缩自如，有理有据，让金钱这块好"钢"用在刀刃上。

让闲钱"活"起来

中国人传统的理财观念就是节俭生财，大多数家庭都愿意把银行储蓄作为首要选择，因为这样很安全，发生突发事件取用也很方便。

但随着通货膨胀率的节节攀升，钱放在银行里也变得不安全，银行的利率永远跑不赢通货膨胀率，银行里的钱数额虽然没有减少，可实际上却已经贬值。

除了必要的备用金存入银行，家庭其他的闲置资金应该成为金钱种子，进行投资。如果你每天省下10元钱并以20%的年收益进行投资，20年后你将得到100万元的回报。

今天节约下来并进行明智投资的每一元钱，将来都会给你带来极大的回报。

安安是一位全职太太，她的丈夫经营一家公司。这几年来公司的生意红红火火，两人的小日子也过得风生水起，不光在市中心买了一套两居室，还在郊区购置了一套面积更大的房子。生活一帆风顺的安安从来都没有为钱愁过，对家里的存款、投资更是从未关心过。

2008年金融危机，安安丈夫的公司受到了很大影响。看到每天回到家都愁眉不展的丈夫，安安开始意识到事情的严重性。她想，不能再这样下去了，自己虽然在生意上帮不上老公的忙，那就多操心一下家里的事，和老公一同渡过难关。

看了很多相关的资料后，她首先对家庭的财务状况进行了清理，并制作了账簿。她发现银行存款有70万，股票有12万，还有各种保险；每个月的支出浮动很大，除去那些不必要的花销，大概在3千块左右。忙活了几天以后，她有了初步的想法。

她先跟老公商量把市中心的房子简单装修一下租出去，这样每个月家里都会增加3000多元的收入，足够每个月的开销。老公听了妻子的想法，觉得很实际，同时也很感动，不仅同意将房子出租，并且放心地把家里的资产都交给安安去处理。

接下来，安安拿出了4万元把房子简单装修了一下。不算股票上的钱，家里的存款还有66万，她先准备出6万作为备用金，其他的60万，有10万购买了一年期银行理财产品，10万购买了货币型基金，20万存了3年期定期存款，剩下的20万购买了几支基金。安安还减少了去美容院、逛商场的次数，把业余时间花在

了股票投资上，选了几支指数股长期持有。一年下来原来在银行里只拿活期利息的钱获得了8万多的收益。

吃不穷，穿不穷，不会理财一辈子穷。想让家里的日子越过越好，就要学会让钱生钱，让家里的闲置资金获得最大收益。

如果经济贫困	·可以选择现金、储蓄和债券作为投资工具
如果家庭收入偏低	·可以选择现金、储蓄、债券作为投资工具，再适当考虑购买少量保险
家庭收入不高但稳定	·可选择55%留作现金、储蓄、债券，40%投资房地产，5%的购买保险
家庭收入较高，但风险意识较弱、没有时间和精力理财	·可选择40%留作现金、储蓄或债券，35%投资房地产，5%购买保险，20%投资基金
家庭财力雄厚	·可选择30%留作现金、储蓄或债券，25%投资房地产，5%购买保险，20%投资基金，20%购买股票、期货

家庭闲钱投资组合搭配比例

如果你能管理好你生活中的小钱，那么也将能够轻松管理好流入生活的巨大财富。如果小钱管不好，大钱来了，也是管不住的。巴菲特说过他有两个重要的规则：一是绝不浪费金钱；二是牢记第一点。

盘活家庭财产，让每一分钱都"活"起来!

计划生活开支，让闲钱多起来

　　家庭生活中可以详细记录自己一个月内的开支，保存好用银行卡结算的票据，随身携带一个笔记本，记录每一笔现金支出，或者不妨用理财软件来处理这些数据。

　　每个家庭的开支大致分为饮食、娱乐、服装、房屋、旅行和投资几类，计算每类支出占自己的支出的比例。如果某一类的支出比例太大了，你就应该节约这方面的开支了。

　　检查每一项经常性开支。如果开支较大考虑能否选择较低价格的产品，以便减少开支，例如，考虑换运营商来节约上网费用。

　　考虑改变生活习惯和消费习惯来节约经常性支出。例如每个星期多在家吃一次饭，或从图书馆借书代替买书。

 制定支出预算，有效控制开支

　　要累积财富，就要让手边的余钱不断增多，增加平时收支相抵之后的节余和以现有的余钱进行储蓄和投资是两大方法。

　　控制开支最简单的办法就是第一时间将一定比例（例如10%）的收入，存进投资账户或者银行储蓄账户，然后放心使用剩下的钱。

　　精明女人要根据个人或家庭的实际状况，寻求可以增加收入的来源和可以减少开销的项目，并以编列并控制预算来达成。

　　如何制定有效的支出预算，以下是十分有用的参考原则。

　　（1）预算与日常生活开支密切结合。日常生活开支包括衣食住行相关花费和

一些非固定开支，例如一年的休闲旅游计划消费、节日消费等。注意意外的开销如医药费等，最好根据过去的实际情况预留相当额度。

（2）注意预算一定要有可行性，不可行的预算不如没有预算，因为容易导致失败而造成挫折感。假如你平常午餐都是在公司附近用餐，而公司又位于高消费地区，若是硬把中餐预算控制得太低，是不可行的。

（3）以年、月为编列单位。包括每月固定收入、开销、预计的投资金额、孩

如果你打算坚持自己的节省开支计划，那么你的计划必须简单易行，才可能持之以恒。

子的学杂费用、全家一整年的旅游休闲花费等，至于定期的贷款偿付款、亲友间的交际往来的开销等，可在每月的预算中编列。

支出预算表

月　份	固定支出	额外支出
1月		
2月		
3月		
4月		
5月		
6月		
7月		
8月		
9月		
10月		
11月		
12月		

（4）经常检测，经常做修正。如果每个月的实际花费超过或低于预算的20%～30%，最好检讨一下预算是否编列得太松或太紧，并做必要的修正。

为孩子积攒教育资金

家庭一旦有了孩子，教育问题就成了重中之重。据调查，天津市每名学生从幼儿园到大学毕业的学费平均要14万，这只是基本的消费。如果要让子女上好学校，读名牌大学，学一些特长，算下来在一线城市要四五十万；如果还要出国留学，没有近百万是不行的。

及早规划子女教育资金

只有让子女教育资金的收益增长速度超过通货膨胀速度，教育基金才能谈得上保值和增值。教育理财的另外一个重要的原则是强调收益的稳定性，选择合适的金融产品是教育理财能否稳定保值、增值的关键。

目前国内教育的费用还在不断地增加，所以子女教育基金的准备是不可忽视的。接下来为您介绍几个主要的教育理财工具。

教育储蓄

教育储蓄属零存整取定期储蓄存款，最低起存金额为50元，本金合计最高限额为2万元。存期分1年期、3年期、6年期三种。

6年期教育储蓄适合小学四年级以上的学生开户

3年期教育储蓄适合初中以上的学生开户

1年期教育储蓄适合高二以上的学生开户

升入高中以后，就可以在教育储蓄到期时享受优惠利率并及时使用该存款

教育储蓄存期选择

教育储蓄到期后，凭存折和学校提供的接受非义务教育的学生身份证明，一次性支取本金和利息。

教育储蓄实行优惠利率，存款到期后能提供有效证明的，按同档次整存整取定期储蓄存款利率计息，并免征利息税。

教育储蓄的注意事项

开户时储户与银行约定每月固定存入一定的金额，分月存入，中途如有漏存，应在次月补存，否则视为违约。教育储蓄在存期内至少要存储两次。

选择教育储蓄到底是否划算呢？看看下图就明白了，整存整取的利率远远高于零存整取的利率，用零存整取的储蓄方式就可享受到高利率，何乐而不为呢？

教育储蓄是零存整取，但是按整存整取计算利息	零存整取利率
1年利率为3.25% 2年利率为4.15% 3年利率为4.75% 5年利率为5.25%	1年利率为2.85% 3年利率为3.05% 5年利率为3.25%

整存整取和零存整取利率比较

注：以上数据为2010年的数据，由于利率时有调整，请以银行最新公布的数据为准。

 教育保险

保险公司的教育保险一般针对出生满30天至14周岁左右的少儿，在孩子上高中开始（有些保险公司规定从初中开始），获得保险公司分阶段的现金给付，实际是一种分阶段储蓄，集中支付的方式。

教育保险具有强制储蓄的作用，父母可以根据孩子未来受教育水平的预期来为孩子选择险种和金额，一旦为孩子建立了教育保险计划，就必须每年存入约定

教育保险又称教育金保险、子女教育保险，是以为孩子准备教育基金为目的的保险。教育保险是储蓄性的险种，既具有强制储蓄的作用，又有一定的保障功能。

的金额，以保证这个储蓄计划顺利完成。

教育保险有一个特别的优势，它具有保险的保障功能，一旦投保人因为疾病或意外事故，不能完成孩子的教育金储备计划，保险公司就会豁免投保人之后应交的保险费，相当于保险公司为投保人交纳保费，而保单原应享有的权益不变，仍然能够给孩子提供以后受教育的费用。

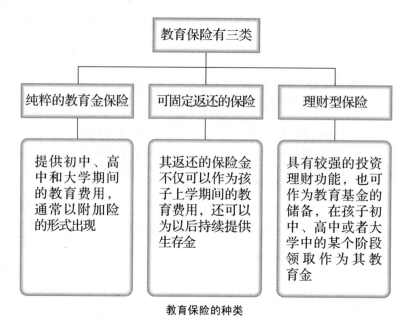

教育保险的种类

在为孩子选择教育保险时，一定要注意以下几个方面：

（1）通过教育保险来规划孩子的教育金，越早越好，越小越合适；

（2）要根据自己及家庭的实际状况以及孩子未来受教育水平的高低预期等因素来综合考虑，适合孩子的需要就够了，不宜买太多，以免给自己带来太大压力，万一无法连续缴费，会带来损失；

（3）由于教育保险缴费时间较长，因此对保险公司的选择尤为重要，要注意保险公司的实力和信誉等保证；

（4）不要单纯只考虑其储蓄功能，也要兼顾其保障功能，可灵活利用附加险，以应付未来可能的疾病、伤残和死亡等风险；

（5）教育保险虽然具有储蓄投资的功能，但更强调保障功能，收益水平不具备优势，在教育理财规划中建议进行适度配置。

> 通过组合方式为孩子教育金做规划，如孩子小学4年级前采用教育保险来做教育规划，待孩子小学4年级以后还可采用教育保险＋教育储蓄的组合方式。

子女教育信托

子女教育信托在美国、新加坡等国家是非常普遍的，目前在我国也有这样的信托公司，可大多数人对这一新鲜事物还是知之甚少。

什么是教育信托？

教育信托是家长与信托机构签订合同，将资金交由信托机构管理，并约定何时将资金交给孩子。信托的资金由专业人士打理，信托资金只有到约定的时间才会交给孩子。

如果信托公司倒闭，信托资金是受国家法律保护的，由其他信托公司继续履行信托合同，作为当事人是没有风险的；当父母需要偿还大量债务时，信托资金受法律保护不会受到连累，保证了子女的用钱需求。

孩子是家长的未来，是明天的太阳，面对不断攀升的教育费用，教育基金的筹划要越早越好。教育基金的投资工具不仅仅局限于上面几种，在选择上要尽量选择风险小且较为熟悉的投资工具。

在做子女教育资金规划时，首先需要计算教育基金所需总额及缺口，根据教育资金的缺口规划投资并设定投资回报率。

教育规划宜早不宜迟，让孩子真正赢在起跑线上!

女人一生的理财规划

家庭生活里知道省钱，学会花钱，仅仅能够保证你的财富不会白白流失。真正的"财女"还要清楚地知道家庭的资产状况，做出合理的理财规划，成为一个优秀的、贴心的管家婆。让自己的丈夫更加放心地去打拼。

提起理财规划，很多女性朋友觉得很麻烦，反正不缺钱，没必要做那么多工作；也有的人觉得很简单，"把钱存银行，长时间用不到的钱买基金、买股票不就是理财吗？"这两种想法都不对。

怎样让家庭理财变得轻松？如何选择合理的理财规划？哪些理财工具适合自己的家庭？人生不同的阶段有不同的理财重点。

从新婚到宝宝出生，理财重在积累

从结婚到生子这个阶段被称为家庭形成期。这个时期，年轻人工作时间还不长，事业刚刚起步，对于理财、投资没有经验，财富积累也不多，但单身时期的消费观念已不再适应。

这个阶段的理财规划要以高保障、深积累为原则，主要要考虑的是现金规划、消费支出规划、投资规划和子女抚养费的规划。

　　小徐今年26岁，刚刚结婚，她和老公都在事业单位工作，都有社保，没有商业保险，两人的月收入在8000元左右，年底会有奖金；每月支出在2000元左右。二人在婚前贷款购置了一套新房，贷款期限20年，每月要还银行贷款3800元；由于刚刚结婚，两人的存款只有2万元，没有其他的投资。两人的父母都没有退休，对他们的经济依赖很小。

　　结婚前小徐买东西从不手软，碰到喜欢的马上出手，所以她没有什么积蓄。现在有了自己的家庭，又想在一两年内要孩子，考虑到孩子的抚养费用和目前的状况，小徐很头疼，不知道该怎么做了。

　　小徐找到理财师咨询请教，该如何为自己的小家理财。理财师为小徐做了一份理财规划清单，清单上主要包含以下内容。

　　（1）消费支出规划。小徐刚结束单身生活，对于如何管理家庭资产还很茫然。考虑到她以前的消费习惯，建议她养成记账的习惯。通过账簿可以知道自己的消费习惯，了解到哪些支出是不必要的，以后尽量不再盲目消费。

　　（2）投资规划。小徐夫妇都没有投资的经历，家庭目前也只有储蓄存款。建议她们二人可以公开表达自己的看法，共同对财产进行投资，这样可以知道各自的喜好，避免矛盾。新婚夫妇因为资金储备不足，可以进行小额投资来积累经验。2万元的储蓄可以保留1万，其余的投放于货币市场，既保持资金的流动性，也能获得收益；此外，每个月从二人的工资中抽出1000元，进行基金定投，一方面起到强制储蓄的作用，另一方面也为以后孩子的出生积累一笔抚养费。

　　（3）风险规划。小徐和丈夫都有社会保险，像这样的新婚家庭往往忽视规避风险，如果家庭成员中一个发生意外或疾病，很长时间没有收入，对家庭的打击是巨大的，因此除了社保外，还要补充一定的商业保险。二人都购买意外和重大疾病保险，收入高的一方的保额应大一些。

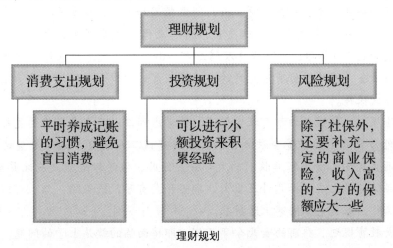

理财规划

孩子出生到上大学，要侧重资产增值和教育资金规划

从孩子出生到上大学前是家庭的成熟期，这时夫妻双方的工作都趋于稳定，收入有所增加，家庭财富也有了一定的累积；同时支出也水涨船高，正常的家计支出、子女教育费用、父母的赡养费，有一定经济基础的家庭还会考虑换房换车等。这个时期的最大开支是子女教育、保健医疗费等。

投资建议：考虑以创业为目的的投资，也可将可投资资本的30%投资于房产，以获得稳定的长期回报；40%投资于股票、外汇或者期货；20%投资于银行定期存款或债券及保险；10%留作活期储蓄，作为家庭紧急备用金。

这个时期理财的顺序：子女教育规划＞资产增值管理＞应急基金＞特殊目标规划。

29岁的女教师乔丽，前年刚开始幸福的婚姻生活，去年喜得爱女丁丁，今年孩子年满两周岁。丈夫在政府机关工作，家里每月收入中，她大约挣4000元，丈夫的工资在6000元左右。家里的房贷还有50万元左右，月供3200元，活期存款4万元，定期存款7万元。两人按国家要求上了基本社会保险，两人父母享有退休保障，对二人的经济依赖较小。

由于新添了小女儿，乔丽暗暗决定抓紧还完贷款，然后开始为孩子以后的上学攒一笔钱。她基本将这两点定为现在及短期内的奋斗目标。

乔丽夫妇的目前工作都很稳定，面临房贷和子女养育问题，家庭承受着较大的经济压力。子女未来开销会越来越大，应提早做好短期计划，并逐步着眼中长期的理财规划。

对于乔丽的情况，短期内理财应从以下几个方面着手。

家庭预备金。除去每月房贷，女儿所需费用和其他必要支出之外，大约可以有4000元左右的盈余。可以将这些盈余攒起来作为意外事件的准备金，数量是家庭月支出的3～6倍，也就是2万元左右。由于这笔钱是为意外事件和突然急需用钱做准备，因此最好有较充足的流动性，最好以现金和活期存款、货币市场基金的方式保存。

保险规划。乔丽夫妇都有社会保险，但考虑到二人现在是家庭的支柱，一旦出现意外，家庭生活质量会跌倒谷底，所以建议二人还要补充一定量的商业保险。乔丽丈夫的工资占家庭收入的大部分，因此，他的保险额度应比乔丽的高。保险产品的选择上应选择意外及重大疾病险种，有了风险保障，二人可以更加放心地去工作，家庭也如同穿上防护衣。

子女教育规划。乔丽的女儿今年两岁，即将面临的就是上学的问题。乔丽和

其他的父母一样，都把自己的孩子放在了第一位，希望孩子能够接受更好的教育，这就需要为孩子准备充足的教育金。孩子教育储备金可以选择教育储蓄、子女教育保险、基金定投来进行准备。

投资规划。乔丽夫妇的活期存款4万元，定期存款7万元，资金都选择了比较安全，但是收益不高的银行储蓄。二人的投资观念不是很强，放在银行里的钱虽然本金保住了，但收益率极低。因此，二人应该把存款分为两部分进行规划，一部分为定期存款，另一部分可以投资为货币基金、国债、保本基金等低风险理财产品。

 ## 孩子独立后，理财重在资产增值管理

孩子上大学到夫妻双方退休前的阶段是家庭成熟期。这一时期，家庭成员的事业到了一个鼎盛期，积累了大量家庭财富，也有了一定的投资经验；同时压力也非常大。主要面临的是子女的教育费用和父母的赡养费用。

投资建议：将家庭可投资资本的40%用于股票或成长型基金的投资，但要注意严格控制风险；40%用于银行存款或国债，以应付子女的教育费用；10%用于保险；10%用于家庭紧急备用金。

理财优先顺序：子女教育规划＞债务计划＞资产增值规划＞应急基金。

今年45岁的孙文的家庭就处于这一时期。目前夫妻二人的工作都已经很稳定，她是一名公司文员，每月工资3000元左右，老公是一家公司的部门经理，每月工资8000元。结婚以后一直和公公婆婆住在一起，房子有90平方米，没有贷款。由于孙文和丈夫都是独生子女，她们有四个老人需要赡养。儿子今年读高三，马上就要读大学，也是一笔不小的费用。在投资上，她一向很谨慎，大部分的钱都存到了银行和购买国债；还有部分用作购买保险。

虽说一直过着小康生活，孙文现在对家庭的财务状况充满了忧虑。父母的身体逐渐变差，每个月的医药费就是很大的一笔支出；孩子就要上大学了，虽说已经存了一些教育经费足够大学费用了，可是四年毕业以后无论是继续深造还是工作都仍需要一大笔钱。

孙文是一个保守的投资者，她的理财工具很单一，并且收益率很低，资金没有得到充分利用是最大的问题。目前她的家庭面临的压力很大，选择合适的、收益率高的理财工具是当务之急。

投资规划。考虑到孙文比较保守，风险承受能力弱，建议她将银行存款的数量减少，其余的资金投放到收益比较稳定、保本的理财工具上，如货币市场基金、债券型基金等。孙文为儿子继续深造和毕业以后工作、结婚的用钱而苦恼，但如今通货膨胀率如此之高，钱放在银行并不是最安全的，她还可以通过购买黄金来实现资金的保值增值。

风险规划。孙文夫妇现在是上有老，下有小，一家的重担都压在他们身上，目前他们夫妻二人是家里的主要收入来源，所以应为他们购买保额更高的保险，一旦发生意外，家庭的生活质量不会有太大下降。

养老规划。孙文是个典型的贤妻良母，她只想到了父母和儿子未来的需求，忽略了自己未来的退休生活的规划，这也是这一时期家庭的普遍现象。其实她可以从现在就采用基金定投的方式来积攒自己和老公的退休金，每月只要小额的支出，既不影响家庭的生活质量，等到退休时还能领到一笔不错的收入，退休以后的旅游等休闲的费用就不用担心了。

提早做好养老规划，明天更轻松!

 ## 退休后，空巢家庭理财要保守

这个时期家庭又回到了二人世界，双方都已退休，儿女也组建了自己的家庭。收入锐减，只有退休金和儿女的赡养费；此时身体机能都退化，医药费是家庭的主要支出。因此，处于这个时期的家庭不适于持有长期投资，短期应选择那些保本的理财产品。

该时期的投资和消费通常比较保守，理财原则是身体、精神第一，财富第二，主要以稳健、安全、保值为理财目的。

投资建议：将可投资资本的10%用于股票或股票型基金；50%投资于定期储蓄或债券；40%进行活期储蓄。对于资产较多的老年投资者，此时可采用合法节税手段，把财产有效地交给下一代。

理财优先顺序：养老规划＞遗产规划＞特殊目标规划＞应急基金。

李姐今年57岁，老伴60岁，都有退休金和社保，两人的退休金加起来3000多元，老两口只有一个儿子，刚刚参加工作，工资收入刚刚够自己花销，所以二老只能靠自己的退休金和以前的储蓄生活。目前有银行存款20万元，国债5万元，前几年股市行情好，她也投了5万元进去，由于没有专门的知识加上股市行

情变差，现在已经亏了2万多元。

李姐现在希望能为儿子准备一些钱用作日后结婚的费用，还希望在身体好的情况下能和老伴出去旅游。

从李姐现在的状况来看，她对家庭理财是没有一个很好的规划的，盲目地跟风导致了她在股市上的亏损，为了实现目标，她首先要做的就是转变观念，对自己的资产进行重新分配。

投资规划。李姐和老伴每月的收入足够二人日常开销了，资金上银行存款占的比重较大，资金没有得到充分利用，建议她保留2万元左右的活期存款，拿出6万元存一年期的定期存款，5万元存三年期定期存款，其余的8万分别投放到一些保本的理财工具上。国债到期后可以投资于银行短期理财产品。李姐并没有投资股票的知识，所以建议她找到合适的机会，逐渐把股市中的钱转出来做低风险的投资。

消费规划。看得出来李姐是个懂得享受生活的人，她希望自己的退休生活能够有滋有味，所以要建立专门的基金来为其休闲旅游做准备。可以选择基金定投的方式来进行。另外，她可以组织其他有着共同爱好的人一起旅游，这样不仅可以互相帮助，在经费上也会节省不少钱。

步入婚姻后，家庭就成为女性生活的重心，经营家庭财务就是经营婚姻。女人最重要的是掌握方法，不断学习，尽早开始。在自己年轻的时候多积累财富和经验，老了就可以轻松自如的生活，享受美好人生！

从理财的角度出发，女人的一生可以分为上述四个阶段，但是由于每个人情况不同，每个人面临这四个阶段的情形都有差异，因此，可根据自身状况，调整投资比例。

从生活中的点滴做起，做好婚姻中的精算师就是这样简单。

第12章　孕育孩子时期的理财交响曲

生孩子，已经不仅仅是生理问题、感情问题，还是财务问题。所以女人有必要对自己的财务进行预算，对自己负责，也是为孩子考虑。

孕产期需要花费多少钱

生孩子需要一定的金钱储备做后盾，因为从怀孕到宝宝出生，需要花费一笔不小的钱，有的女性如果工作强度过大，怀孕后需要放弃工作，这样算下来，生孩子实在需要花费不少的金钱。

在北京、深圳等大城市，大多数中等收入家庭花在从准备怀孕到孩子满6个月前的钱差不多，大概是4万～6万元，其中大的花费主要体现在几方面：孕前、孕期及哺乳期的营养费，产前的检查费和住院生产费，婴儿的奶粉、尿片、衣物等用品费。

前期的费用——孕育、生产阶段

现在家长都讲孩子"不能输在起跑线"，而这个"起跑线"的起点从产前就开始了。光产妇在生产前所需要的营养品、检查费、胎教费用大概就要花2万元，且还不算孕妇待业在家不挣钱的损失。

这些钱具体都花在哪里了呢？

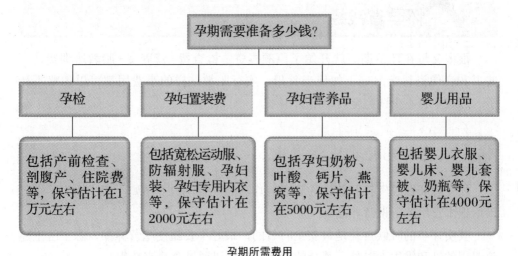

孕期所需费用

从怀孕到迎接宝宝出生，女性朋友需要准备2万元左右，如果手头有富裕，可多准备一些，以应付意外之需。当然现在物价年年上涨，这笔钱也会随之"水涨船高"。

 ## 中期的费用——哺乳阶段

孩子生下来，大规模的消费才正式开始，如果不想自己照顾孩子得请一个保姆或是请父母帮忙，如果不是母乳喂养得买奶粉，还有婴儿床、尿不湿、早教等，一大堆的花费蜂拥而至。

下面以北京为例，计算孩子在1～2岁这个阶段每月的平均花销。

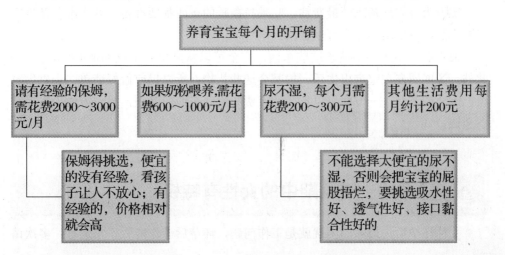

怀孕省钱经

很多父母在怀孕期间就开始了巨额投资：检查费＋营养费＋胎教培训费，买些书和音像资料学习一下如何当父母、实行胎教这样的小费用都可以忽略不计了。这其中有不少钱完全可以节省出来。

既要补充营养还要省钱

如今想要躲过广告和营销的狂轰滥炸真的很难，很多孕妇不幸中招买了自己最后根本没用的所谓营养品。

其实怀孕的时候食补是最安全有效的，最好不要随便吃营养品，除了医生建议服用的钙和维生素以外，其余的营养品都可以通过食物来获得。

省下的买营养品的钱可以用来买时令水果、蔬菜、杂粮和海产品等。

参加免费胎教培训班

很多孕妇都会参加各种培训班，这类培训班自然收费不菲，其实只要可以参加社区、医院组织的免费培训课程就可以了。还有的收费培训班会提供一两次试听课程，准妈妈们完全可以去试听培训课程。这样可以省下不少的培训费。

为新生宝宝准备东西

都说为宝宝准备东西最费钱，吃喝拉撒睡的东西都要准备，其实准备新生宝宝的用品，只要用心完全可以省钱。

像衣服、小床、小被子这些东西，完全可以从家里有小孩的朋友处借过来。此外，亲戚朋友在宝宝出生后一般都会送些礼物，所以提前做好清单，告诉大家自己需要的东西，一方面可以省了朋友费心思选东西的麻烦，另一方面也可以节省金钱。

孕期、哺乳期中的女性有特权

女性怀孕后，最大的困扰就是工作问题，怀孕后工作能否正常进行，多次请

假产检是否会被辞退，是否会被扣工资？这些担心不是多余的，因为在现实中孕妇被辞退的事件时有发生。

《劳动法》和《妇女权益保障法》为保护孕妇权益做了许多规定，怀孕前有必要了解这些特殊规定，以免在孕期自身权益被侵害。

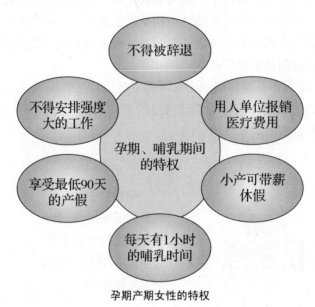

孕期产期女性的特权

不被辞退

女性在怀孕时间具有不被辞退的权利，因为《劳动法》第二十九条明确规定：女职工在孕期、产期、哺乳期内，用人单位不得解除劳动合同。

《女职工劳动保护规定》第四条：不得在女职工怀孕期、产期、哺乳期降低其基本工资，或者解除劳动合同。

所以当你怀孕时，不必过多担心丢失工作、收入锐减等问题。即使怀孕后被单位辞退，也要注意保留证据，可以诉至法院以维护自己的合法权益。

孕妇孕期、产期、哺乳期内，单位不得辞退，不得降低其基本工资。

不得安排强度大的工作

女性怀孕后，身体和精力不及怀孕前，担心自己无法胜任工作，其实大可不用担心，因为《劳动法》第六十一条明确规定：不得安排女职工在怀孕期间从事国家规定的第三级体力劳动强度的劳动和孕期禁忌从事（见《女职工禁忌劳动范围的规定》中第五、六、七条规定）的劳动。对怀孕七个月以上的女职工，不得安排其延长工作时间和夜班劳动。

《劳动法》第六十三条明确规定：不得安排女职工在哺乳未满一周岁的婴儿期间从事国家规定的第三级体力劳动强度的劳动和哺乳期禁忌从事的其他劳动，不得安排其延长工作时间和夜班劳动。

孕期与哺乳期，用人单位不得安排强度大的、有危险性的工作。怀孕七个月以后不得安排加班和夜班。

 ## 小产可带薪休假

劳动部"关于女职工生育待遇若干问题的通知"第一条规定，女职工怀孕不满4个月流产时，应当根据医务部门的意见，给予15天至30天的产假；怀孕满4个月以上流产时，给予42天产假。产假期间，工资照发。

 ## 享受最低90天的产检

怀孕后，需要频繁地去医院产检，总请假是否会被单位开除或者扣工资呢？大家可以把这个担心抛之脑后！《劳动法》第六十二条明确规定：女职工生育享受不少于90天的产假。《女职工劳动保护规定》第八条规定：女职工产假为90天，其中产前休假15天。难产的，增加产假15天。多胞胎生育的，每多生育一个婴儿，增加产假15天。

《女职工劳动保护规定》第七条规定：怀孕的女职工，在劳动时间内进行产前检查，应当算作劳动时间。

哺乳期：每天有一小时哺乳时间

《女职工劳动保护规定》第九条规定：有不满一周岁婴儿的女职工，其所在单位应当在每班劳动时间内给予其两次哺乳（含人工喂养）时间，每次30分钟。

多胞胎生育的，每多哺乳一个婴儿，每次哺乳时间增加30分钟。女职工每班劳动时间内的两次哺乳时间，可以合并使用。哺乳时间和哺乳往返途中的时间，算作劳动时间。

医疗报销

劳动部"关于女职工生育待遇若干问题的通知"第二条规定：女职工怀孕，在本单位的医疗机构或者指定的医疗机构检查和分娩的，其检查费、接生费、手术费、住院费和药费由所在单位负担。

养宝宝省钱秘籍

新浪网育儿频道联合实施的一项调查（有3986人参与）显示，有83.7%的被访者认为：养孩子的成本正在飞速上涨。

现在的流行语是，"你可以跑不过刘翔，但一定要跑赢CPI"。这几年，奶粉、纸尿裤和保姆费用，可都涨得很快，所以省钱迫在眉睫。

收集宝宝生活用品

宝宝长得特别快，所以没有必要大张旗鼓地买东买西，这样只会造成不必要的浪费。最好的解决办法就是从亲朋好友那收集一些宝宝可以用的东西。例如学步车、童床、小玩具、睡袋、斗篷、小被子，还有就是适合宝宝穿的衣服，这些东西当时亲朋好友买的时候肯定花了很多的心思，所以一般都是质量很好的。

还可以和亲朋好友或者邻居的小宝宝交换玩具玩，小孩子总是看到别人玩什么他就想玩什么，又只有两三天的新鲜感，所以和其他小宝宝换着玩，就能节省一些购买玩具的费用。

网上淘宝更便宜

小宝宝的用品可以在网上购买，在网上淘到的商品要比商店中买的便宜很多，品种也很齐全，而且小宝宝的尺码也差不多，所以不用担心买得太大或太小。如果选择网上团购的话可能会更便宜一些，可以经常去团购网上看看有什么团购活动。

 ## 囤积物品要选择

快生产的妈妈总是很兴奋，恨不得能把宝宝用得着的所有东西都买下：衣服、玩具、童床、童车……但是很多妈妈会发现，买那么多东西，宝宝根本无法全部用完，结果好多婴儿用品在家里积压，最后也只能忍痛割爱送给亲朋了。

所以最好是用多少买多少，但如果遇到尿不湿这样的消费物品大打折，或是有什么吸引人的赠品，那么最好是有点魄力，将尿不湿成箱地拿回家，因为像尿不湿这样的易耗品宝宝的用量是非常大的。

 # 给宝宝选择保险

新生儿是不在社保体系之内的，所以，宝宝的医疗费用只能靠小家来自行解决。目前，最方便的儿童医疗费用解决方案就是商业医疗保险。但面对林林总总的险种，到底什么才是正确的选择？儿童投医保，有以下三种不可少。

 ## 儿童意外险

据调查显示，意外伤害已经成为我国14岁以下儿童的第一死因，具有发生率高、死亡率高的特点。如溺水、中毒、动物咬伤、建筑物倒塌、交通事故、治安事故、玩耍打闹致伤等，都是当前意外伤害和死亡的重要原因。

所以宝宝出生三个月后，就应当果断地为他投保附加有意外医疗保险的意外险。这类保险保都比较便宜，一年仅需要几百元，却能有近万元的意外医疗保障，性价比比较高，因此，购买这样的意外保险对于孩子来说最为重要。

在购买意外险时，如果侧重关注儿童疾病住院费用报销的可以考虑百年人寿的宝贝卡，最高可以报销10万的住院费；侧重考虑理赔信誉的可以考虑美国友邦的儿童意外伤害；考虑性价比最高的可以考虑学平险。

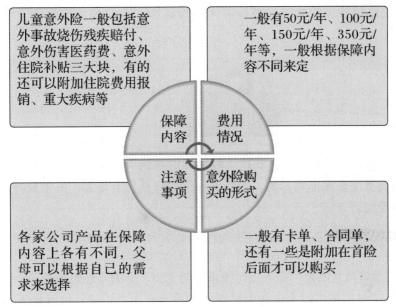

儿童意外险

 ## 儿童重疾险

尽管幼儿的重疾险发病率并非特别高，但重大疾病险投保年龄越小保费越便宜，少儿重大疾病保险所保障的"重大疾病"通常具有一个基本特征：即治疗花费巨大，此类疾病需要进行较为复杂的药物或手术治疗，需要支付昂贵的医疗费用。

以0岁女孩子为例，购买"康宁定期重大疾病保险"，缴费至20周岁，年缴费仅 900元就可买到10万元重疾、高残、身故三重保障，保障到70周岁，70周岁还本。每年不足1000元的投资对于父母来说，并不算太多，却可以为自己的孩子带来一生的重疾保障。这样的医疗保险，可谓是相当的划算。

重大疾病保险给付的保险金主要有两个方面的用途：一是为保险人支付因疾病所花费的高额医疗费用；二是为被保险人患病后提供经济保障，尽可能避免被保险人的家庭在经济上陷入困境。

年轻的妈妈需要注意的是：先天性疾病和投保前疾病都是不受保的，可能在核保的时候都通不过，如果不体检只是健康告知书，要如实填写，否则发生事故时保险公司会以此为由拒绝理赔。

重大疾病保险合同中均有"保险金申请"条款，在发生合同约定的保险事故后，应及时通知保险公司，并按"保险金申请"条款中的要求，准备相关资料向保险公司申请给付保险金。需要提供的与确认保险事故有关的证明和资料主要包括保险合同、被保险人身份证明、专科医生诊断证明或手术证明等。

　　购买重大疾病险，在孩子越小的时候购买费率越低，随着年龄的增长费率是逐渐增加的，每年要缴纳的保费也会增加，所以最好及早做规划。

　　购买重疾险在家庭中是一项比较重要的支出，有的年轻妈妈爱子心切，冲动之下为孩子投了重疾险，但是家庭财力却不允许这项投资，这时也不要紧，因为重大疾病保险通常设有10天的犹豫期（犹豫期的起始日为投保人书面签收保单日）。

什么是10天的犹豫期?

　　投保人若发现购买的产品与自身需求不相符时，在犹豫期内退保，保险公司会全额或在扣除保单工本费后无息退还已交保险费，并且自始不承担保险责任。

　　投保人若在犹豫期后退保，将会受到较大的费用损失。如果投保人选择分期缴纳保险费，逾期未缴保险费的，超过60天的宽限期后，保险合同效力中止。

　　在保险合同效力中止后两年内，投保人可以向保险公司申请恢复合同效力，保险公司做出是否同意复效的决定，双方协商并达成协议，投保人补交保险费后，合同效力恢复。自合同效力终止之日起二年内双方未达成协议的，保险公司有权解除合同。

不要迷信保险种类多的说辞

重大疾病险种的产品条款都会把具体病重列明在条款里，有的保险公司号称重大疾病保障种类多达多少，其实有些疾病是拆成几个病种，而有些保险公司则是合并在一个病种，不要一看保障病种很多就忽略了实际内容，实质是换汤不换药。

 ## 少儿健康医疗险

如今医疗费用高得惊人。如果不巧宝宝先天体质不太好，需要三天两头跑医院，医疗费用是一笔不菲的支出，这时你就应当为他考虑购买健康医疗险，以减少家庭的经济压力。并且，孩子一般都抵抗力低，缺乏自我保护意识，到处乱摸乱拿，容易接触有害物质，导致疾病和意外的发生，从这个角度说更有必要为孩子投份健康医疗险。

少儿健康医疗险，每年也只需支出几百元。这样宝宝万一生病住院，一部分医疗费用可以报销，每天还能得到数百元的住院补贴。对于免疫力较差的宝宝而言，最佳的选择莫过于那些可以报销门诊费用的险种。

少儿健康险是健康险中的一种，保障对象是少儿（未满18周岁的少年儿童），主要对少儿因患疾病而产生的治疗、住院和手术等费用提供经济补偿，包括大病险和住院医疗保险。

少儿购买这类保险非常必要。可是如何正确选择少儿健康险呢？在选择少儿健康险过程中应注意如下事项。

（1）少儿期容易发生的风险应先投保。在购买少儿健康险前，应首先弄清孩子可能面临哪些危险，以及可能导致什么不良后果。少儿期容易发生的风险应先投保，离年幼较远的风险就后投保，例如养老险和投资险等。发生概率极低的风险保障可以不买，没必要一次性把所有险种买全了，为家庭增加无谓的负担。

（2）保障兼顾子女和家长，尽量选择有豁免条款的保险。 现在市场上已有的少儿健康险产品保障的侧重点差别相当大，有的少儿健康险产品只注重对子女的保障，而有的产品则更进一步兼顾子女和家长双方面的保障，家长在投保时应格外留意。此外，投保人在购买少儿险时，保费豁免条款相当重要，当家长出现意外后，子女也不会因此而断保。

（3）缴费期选择应适中，不宜太长。选择险种时不要图省事，要擦亮眼睛，缴费期不宜太长，因为孩子成年后，特别是在工作之后，保险种类需要做适当的调整，孩子可以自己承担保险费，减轻父母的负担。另外，缴费期限一般情况下越灵活越好，如1年缴、3年缴等，在国外甚至有根据家长收入灵活缴纳的险种。

（4）保障尽可能全面。投保时，不仅要考虑到意外、疾病带来的损失，还应考虑到住院、医疗方面的保障。由于孩子抵抗疾病的能力低，在给孩子挑选保险时，保障应尽可能全面。在同样的支出预算内，家长不应只考虑高额的教育保险金给付，还应给孩子配备一定的保障防范疾病或意外风险。

为孩子买保险要注意

量力而行，适合就好；重在保障，意外优先，医疗其次。

第13章　女人网络开店赚钱攻略

网络时代，互联网不仅仅是人们聊天、看新闻、听音乐、收发邮件的工具，同时也蕴含着无限的商机，很多人开始利用网络这个平台赚钱。没有做到第一个吃螃蟹的没关系，但不能永远不敢尝试。

网上开店，魅力无限

网上开店吸引了很多年轻时尚的女孩，因为网上开店不仅可以赚钱，同时还可以拓展自己的能力、充实自己的生活，可以说是魅力无限。

网上开店被在校大学生和白领女性所推崇。根据易趣统计数据表明，在易趣

网上开店魅力无限

假如你有份稳定的工作，想开传统店面，就必须辞掉现在的工作，专心打理店面，但经营的好坏存在一定的风险性，网上开店不仅可以自己当老板，也可以在最大程度上避免经营风险。

网的店铺中，在校大学生和白领女性开的个人店铺就达到40%。

魅力一：成本低，风险低

大家都知道传统开店需要的费用有租金、办执照、人工、税费，还有各种各样的杂费、进货的费用，少说也得上万元。网上开店就少了这些麻烦，只需要交纳很少的商品上架费和交易费，而且商品也是按照买家需求上货，所以不会担心商品会积压。

魅力二：经营方式不受时间、地点、规模的约束

网上开店经营方式灵活，经营的时间、地点都不受限制，可以全职，也可以兼职。并且，能上网的地方，就有自己潜在的客户群体，只要有适合在网上销售的物品，都可以拿到网上。

魅力三：适应潮流

现在人们生活的压力越来越大，如果采用网上购物的方式送朋友或是亲人礼物，往往会给人更大的惊喜，调节人们的紧张情绪。

最近在微博上有一则消息，一个刚大学毕业的女孩，在网上开店卖"垃圾"，当然这"垃圾"不可能是真的垃圾，卖的主要是一种创意，用垃圾袋装着一些小饰品，受到好多年轻人的追捧。女孩的创意思路是：现在人的工作压力特别的大，需一些特殊的方式来减压，购买者表面上是在买"垃圾"，其实是在买一种惊喜。

下面是2009年12月到2010年12月中国互联网所做的关于中国网购用户数量和使用率的统计。

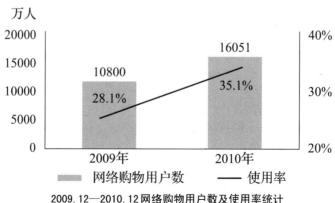

2009.12—2010.12网络购物用户数及使用率统计

酒香不怕巷子深，只有你有能力，只要你有创意，网络就会给你一个展示的平台。网购的用户也在逐年上涨，所以网上开店前途无量。

网上开店的主要网站

网上这么多家平台，我们应该选择哪一个呢？

交易平台的访问量以及交易量，在一定程度上决定了店铺每日的营业额。网络上有许多的平台，加上我国的互联网还处于初级发展阶段，所以各个平台良莠不齐。

因此，如何选择一个健全正规的平台是极为重要的。在选择平台的时候，要根据自己的需要，多方面进行考察比较，最好选择那些注册用户比较多、浏览量比较大的网站平台。

在淘宝网上销售产品

淘宝网是国内领先的个人交易网上平台，由全球最佳B2B公司阿里巴巴公司投资创办。

在淘宝网开店首先要经过实名认证，可用的证件包括身份证、护照、驾照、军官证等，你只需要把证件图片通过电子邮件上传到指定网页，经过审核后，就可以在网上销售你的产品了。当你卖的产品达到10件时，你就可以在网上开个自己的店铺，长期经营了。

在易趣网上销售产品

易趣网（eBay）是全球最大的网上交易平台，在那里几乎可以买到任何东西，商家和买主在eBay形成了一个多元化的社区，有上亿种商品在这里经营，从电器到电脑到家居用品应有尽有，甚至这里还有独一无二的收藏品。

在eBay注册很简单，填写用户名、密码、姓名，再填写一个邮件，然后系统就会发送确认信到你的电子邮箱里，点击有效连接，系统显示注册成功。

你只要在网上出售过商品就可以开个人店铺。eBay提供专业网上付费店铺，付费店铺提供很多特殊功能，如：(1)推荐商品，卖家可以在自己的店铺内自由推荐商品，且拥有多种不同展示形式；(2)商品分类，卖家可以在店铺内对自己销售的商品进行分类，方便买家选购；(3)店内搜索，可供买家在店铺范围内搜索商品，同时付费店铺拥有独一无二的易趣地址。

如果你有宽裕的销售费用，不妨选择付费店铺销售产品。

 ## 在腾讯的拍拍网开店

腾讯的拍拍网（www.paipai.com）于2005年9月12日上线发布，2006年3月13日正式运营。拍拍网依托于腾讯QQ超过5.9亿的庞大用户群以及2.5亿活跃用户的优势资源，具有良好的发展前景。

在拍拍网上开店有四种方式。

（1）普通QQ用户无需认证发布商品。登录拍拍，点击"我要卖"、选择"出售方式"和"商品类型"，填写商品信息进行发布后，就可以成为拍拍网的新手卖家，但新手卖家只能卖一件商品，每件商品价格不超过3000元！

（2）手机认证。登录拍拍，进入"我的拍拍"点击"我要认证"，选择"免费手机认证"按提示输入您的手机号及拍拍下方的验证码，但验证通过后只可以卖三件商品，每件商品价格不超过3000元！

（3）身份认证。登录拍拍，进入"我的拍拍"点击"我要认证"，选择"免费身份证认证"按提示仔细填写相关资料，选择上传您的身份证扫描件。拍拍网工作人员会在三个工作日内审核。审核通过后您发布商品不受价格和数量的限制！

（4）工行认证。登录拍拍，进入"我的拍拍"点击"我要认证"，选择"工行认证"按提示仔细填写相关资料，选择上传您的身份证扫描件。拍拍网工作人员会在三个工作日内审核。审核通过后您发布商品不受价格和数量的限制！

 ## 在百度有啊开店

百度有啊是全球最大的中文搜索引擎百度（www.baidu.com）旗下的购物网站。百度有啊（http://www.youa.com）于2008年10月28日上线运营，虽然与淘宝巨大的用户量无法匹敌，但凭借百度巨大的影响力，发展前景不可限量。

百度有啊为每一位通过实名认证的用户提供了免费开店的机会，在这里您将拥有一个独立的网址和一间专属的店铺，店铺模块十分丰富而且操作简单，您可以按照自己喜欢的风格进行店铺装修，并把您的商品发布到店铺中。

比起淘宝、易趣烦琐的开店程序，百度有啊提供了更方便的开店程序：第一步开通百付宝账号；第二步通过实名认证，认证完成后店铺将被自动创建。

有两种途径可以获知店铺被创建成功：一是通过实名认证时，店铺将同时被自动创建，同时会收到一封系统邮件通知；二是打开个人中心的"我是卖家"菜单，店铺创建成功后，菜单中会出现发布商品和管理店铺等相关链接。

网上开店流程

淘宝网是目前最具人气的购物网站，因此，下面以淘宝网为例，向大家介绍网上开店的详细流程。

在淘宝网的首页上，你可以清晰地看到现在社会上流行的各种商品，以及一些你平时不太知道的商品。不过要切记选择自己擅长的领域。

先注册成为网站会员

首先要做的，就是成为一个网站会员，这是你开始征途的第一步。

随着手机的普及，很多网友都采用"手机号码注册"，下面就以此种方式为例介绍如何注册成为会员。当然，采用"邮箱注册"的方法也是可以的。

注册页面

在"手机号码注册"选项下单击"点击进入"按钮。在新弹开的页面中，按照往常填表格的形式，在必选项里输入登录密码、会员名以及手机号码和电子邮箱等内容。

得到开通成功的提示后，你就有了自己的淘宝账号。然后你就可以选择在淘宝网上买东西或者开个网店卖东西了。

手机号码：	ⓘ 请输入11位手机号码
电子邮箱：	
会员名：	
登录密码：	
确认密码：	
验证码：	AKMAB　看不清？换一张

☑ 用该手机创建支付宝账户

提交注册

 ## 发布十件商品就可开店了

在淘宝开店铺，需要满足两大条件：你是通过认证的会员；你需要发布十件以上的宝贝。

要开店的话，你需要登录"我的淘宝"》》"我是卖家"》》"免费开店"，

免费页面

申请开设店铺。根据系统的相关提示进行填写，全部完成后你的店铺就开设成功了。

如果你并没有进行支付宝认证的话，那么还要有一个步骤，就是进行相关的认证。支付宝认证系统有诸多优势：

（1）支付宝认证为第三方认证，而不是交易网站本身的认证，因而更加可靠和客观；

（2）由众多知名银行共同参与，更具权威性；

（3）除身份信息核实外，增加了银行账户信息核实，极大提高其真实性；

（4）认证流程简单并容易操作，认证信息及时反馈，用户可实时掌握认证进程。

如果您需要在淘宝出售宝贝和建立信用记录，就必须先通过认证。请点击下面的按钮开始申请支付宝认证：

支付宝个人实名认证　港澳用户请点击这里进行认证申请
认证前，请确认您已年满18周岁。
我可以同时申请支付宝认证和商家认证么？
点击下面按钮将提交支付宝个人实名认证申请。如果想申请商家认证，请重新注册淘宝会员名和绑定公司类型的支付宝账户进行申请。

申请支付宝个人实名认证

支付宝认证界面

待你完成了相关认证后，就可以通行无阻地开设店铺了。一切准备就绪，下面开始教你学习真正的买卖本领。

如何寻找质优价廉的货源

开网店首先你必须做的就是寻找好的货源。

在寻找货源之前，要先确认一个问题：在网上卖什么？在确定卖什么的时候，要结合自身能力、财力、商品属性、商品运输的便捷性等，对将要进行出售的商品加以定位。

据调查显示，个人店铺的网上交易量比较大的商品包括服装、服饰、化妆品、珠宝饰品、手机、家居饰品等。寻找好的市场和有竞争力的产品，是网上开店成功的重要因素。

确定卖什么后，你就可以紧锣密鼓地寻找货源了。

怎样才能拿到便宜又优质的货物，是开网店的关键。货源的选择会直接左右创业者的利润和收入状况，因此在货源的选择上一定要谨慎。

 ## 在传统进货渠道寻找货源

就传统进货渠道而言，货源可以考虑从三方面寻找：厂家、一级批发商、二级甚至三级批发商。

一般来说，进货方式选择越接近源头，能够获得的利润空间也越大。但不同级别的批发商也都各有优缺点，不同实力的创业者要根据自己的现实状况慎重选择。

大批发商一般直接由厂家供货，货源较稳定、折扣低。从大批发商进货，能获得比较高的利润空间。但因为大批发商要求的起批量较高，对于小本经营的创业者而言，并不合适。

大批发商或者说一级批发商比较容易寻找，一般用百度、google等搜索引擎就能找到很多。

二级批发商起批量要求较小，但是折扣相对较高一些。二级批发商比较适合初级创业者；二级批发商的不足也是比较明显的，主要是诚信度问题。因此最好能通过小批量合作探路，待了解其行事方式和服务态度之后，再进行大规模的合作。

 ## 在阿里巴巴网站寻找货源

登录阿里巴巴网站寻找货源。阿里巴巴网是生产厂家寻找代理商、经销商、OEM加工贸易机会的地方，是全球最大的B2B电子商务网上贸易平台；其次，阿里巴巴的商品发布规则里鼓励明码标价，标价的商品发布排序自动排在没有标价的商品之前。

阿里巴巴是业内人士的沟通平台，产品成本、行业利润等数据对业内人士来

说非常透明，任何产品都有多个厂家生产，虚报价格等于自掘坟墓（阿里巴巴对乱标价格也有投诉机制），所以这里的报价是非常可靠的。

在阿里巴巴网站通过关键词搜索，可以找到你能想到的任何产品。

 到专门为网店提供货源的网站去寻找货源

目前有许多货源类的网站，专门为淘宝卖家提供货源，这类网站既可以让淘宝卖家批发商品，又许可淘宝卖家做代理，他们为淘宝卖家提供代发货服务，免去卖家进货压货的风险。

创业新手可以从代理做起，既不需要很多的创业资金，又不存在创业风险，最重要的是可以学到很多经验。

做代理要谨慎选择货源，收取所谓代理加盟费的不做；收取培训费的不做；有下线制度和会员制度的慎做。

 低成本网上开店创业——做网店代理

如果没有足够的资金进货，或者担心货物积压，那么你可以选择零风险的创业模式——做网店代理。

网店代理的最大优势就是店主不用有自己的库存，直接将批发商的产品信息挂在自己店里出售，当有买家向你下订单之后，你再将你的顾客收货地址告诉批发商，向批发商下订单，批发商直接向你的顾客发货。你和批发网站定的产品价格与你卖给顾客的售价差就是你的利润，你虽然没有产品却能通过这种方式赚来钱，这真是空手套白狼。

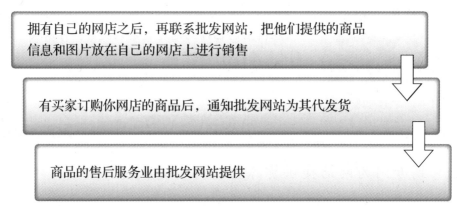

拥有自己的网店之后，再联系批发网站，把他们提供的商品信息和图片放在自己的网店上进行销售

有买家订购你网店的商品后，通知批发网站为其代发货

商品的售后服务业由批发网站提供

网店代理销售流程

 ## 网店代理适合女人零风险创业

现在很多人在网上开店的初期都选择做网店代理，那么我们就来总结一下网店代理对新店主来说有什么优势吧。

首先就是成本低。现在开网店的大部分都是年轻人，经济实力还不是很好，正处在创业阶段。他们拥有雄心勃勃的创业志向，但无奈囊中羞涩。没关系，网店代理可以解决你最头疼的资金问题。做网店代理基本上不需要什么前期资金投入，可以以最少的成本来赚取利益。最早的批发网站还要交一部分代理加盟费，现在的商家已经把门槛降到很低，不收任何费用，使新手卖家真正实现了零投资创业。

其次，选择网店代理可以避免库存压力。以往的网店，新手卖家自己进货，往往是自己进了一大批货，店里几个月下来却没人光顾，一下子就造成了库存积压。东西卖不出去，资金不能回笼，店家大失信心，只有关门大吉。而网店代理却不同，卖家只负责接订单下订单，绝对不会存在货物积压、资金被套的烦恼，创业毫无风险，只有赚没有赔。

再有，网店代理节省时间，可以兼职做。开过网店的朋友都知道，店铺的信誉很重要，信誉等级低的新店只能慢慢冲钻，刚开始交易不多，全职做会很有压力。做网店代理就不同了，它省去了店主逛市场拿货、回家拍照、处理照片以及找快递发货等步骤，这就节省店主很多时间。

最后，做网店代理让你有后路可退。由于没有资金投入、不用囤货，新手卖家在不熟悉网络销售的情况下，万一选择商品不对路，或者和批发网站合作不愉快，可以尽快收手，没有太大损失，而且免费长了经验。

 ## 火眼金睛，挑选信誉好的批发网站

招网店代理的批发网站很多，加上一些做得比较大的实体网店也大都同意发展代理，在网上的代理货源，数不胜数，简直令人眼花缭乱。怎样在这众多目标中选择最合适自己的呢？选择供货商都要注意哪些问题呢？

首先，就是考察网站的可靠性。批发网站、网店代理、买家之间见不到面，全靠一个虚拟存在的网络连接在一起，你的上家批发网站是否可靠是你首先要考虑的问题，那么，如何观察批发网站是否可靠呢？

（1）看这个网站的留言板和发货通知表。从留言板里的内容看其他代理的反馈情况，观察其他代理对这个网站的满意度，从发货通知表里判断生意好坏，从而可以确定网站的诚信度。打电话和网站的负责人交流，判断真实性，问一些比较专业的问题，看他对自己所卖的产品是否了解，没有人能很流畅地将谎言进行到底，行家不行家，一问就知道。上网查一下，看它的地址是否真实存在。另外，在注册这家网站会员时，看它是否需要你填写详细的真实的地址，如果是说明他们对你也进行考察。

（2）看批发网站的商品质量是否过关。质量对网店来说很重要。基于网店代理的特殊形式，代理者没办法见到商品的实物，如果上家是外地的，代理者可能从头到尾看不见一件商品，也就不能保证商品的质量和批发网站所描述的一样，这时能够通过哪些途径去判断这家产品的品质呢？即使你去实地考察，得到的也未必是实际情况，那你怎么判断产品的好坏呢？可以代理一下或买一件产品试一试，亲自判定一下他的产品质量。这不仅能亲眼看到商品，还能从头到尾感受一下他的服务是否到位，态度是否亲切、发货速度是否快捷等。

（3）看图片。现代社会是读图时代，尤其对于只能通过看图了解商品的网购买家来讲，漂亮的图片是制胜的法宝。有些选择自己进货的卖家拿货的时候精挑细选，对自己的眼光很有信心，一等到拍完照就失望无比，上架以后更是因为图样难看，没人光顾。同一件商品，漂亮清晰的图片会吸引更多的买家，所以，选择批发网站一定要看看网站提供的图片是否够专业、够漂亮，最好是实物拍摄。

（4）看他们的客服工作情况和服务态度。售后服务对网店的信誉影响很大，因为网店代理的售后服务也是由批发商行使的，所以选择了一个售后服务好的批发网站无疑是给自己的网店选择了好的信誉保障。好的商家，客服能比较及时地回答代理的问题，对代理比较负责任，不好的商家，生意差，客服经常不在线，回答问题不及时。当然了，也不排除有店大欺客的现象，但是毕竟是少数。

网店装修不可少

无论你是自己进货还是做网店代理，都需要在网店装修上下足功夫。因为网上商店建好之后，最重要的问题就是如何让更多的顾客浏览并购买。而漂亮出彩的装修能吸引顾客浏览点击！

在数量众多的网上商店中脱颖而出，并不是很容易的事情，"第一眼"印象往往决定消费者是否访问自家小店。"包装"必不可少，包括起个好名字以及及时刷新和组织货品陈设。这就要求店主们在小店取名、页面制作和日常维护等方面多下工夫。

店铺装饰三要素

在装饰方面主要要考虑三个要素：店标、商品分类、店铺公告。

好的店标能够给人清新、典雅的感觉，而且要和自己店铺的风格协调起来，在有限的空间内发挥无限的创造力，最好的效果是能让人过目不忘。商品分类的作用主要是方便顾客浏览。店铺公告一般是商店的促销广告或是打折商品信息发布，也可以是店铺的最新消息。

店铺的装修就像一个人的衣服，有品位的"衣服"，你我他共爱。

 漂亮的照片

在网上开店最麻烦、最让人头疼的当属拍照，因为照片是直观呈现在顾客眼前的，图片拍得好才能让顾客有想买的冲动，所以拍照不得有半点马虎。还要对图片进行必要的后期处理，但注意不要过分修饰，颜色过于鲜亮，内容过于美化，只会降低可信度，让顾客觉得不真实，所以最好不要画蛇添足，忠实于实物就好。后期处理主要针对图片的尺寸、格式等进行简单的调整，图片的好坏最关键的还是前期照片的拍摄。

> 拍摄商品时最好有一块白色的布景布，这样商品会更加清晰。当然如果商品已经是白色的了，那就最好选择颜色深一点的布景布，以凸显出商品

> 要有合适的光源，过暗或过亮都会影响照片的质量

拍摄商品技巧

 巧用文字吸引客源

在网上卖东西不能当面跟顾客沟通，最多的交流方式就是通过文字。在很大程度上，文字应用好了能带来源源不断的客源。

首先要有金字招牌。一个好的店名往往就是一家店的脸面，如果店名太平凡无奇，很难引起别人的好感，如果店名太拗口，即使暂时能引起别人的注意，过后不用心记也很难再找到店铺，所以开店起名有原则：要朗朗上口、通俗易懂，这样方便查找；要符合自己经营的商品特点。

其次要有详细的产品信息。被吸引过来的顾客，首先得看看你在卖什么产品，产品的功能和规格是什么，所以产品说明是顾客必看的内容。产品说明要遵循真实性和专业性，不要肆意的渲染，一定要以诚待人。我们来看看这家店是怎么描述自己商品的。

羽毛花饰印花长款T恤

舒适透气面料，让宝贝们穿起来舒适轻松、无刺激。简洁款式，在细节上用耸肩、娇媚的女人头像、时尚的羽毛头花，处处营造出极致魅惑的女人味。圆领的T恤，MM可以根据天气的冷暖，选择不同的搭配方法，塑造出美丽的形象。

尺码（cm）	S	M	L	XL
衣长	61	63	65	67
胸围	80	84	88	92
袖长	61	62	63	64
肩围	38	39	40	41
适合型号	155/80A	160/84A	165/88A	170/92A

网上开店经营有方，能日进斗金

其实开店做生意无论是古今中外，还是网上网下，最主要的就是营销手段。在网络时代，更是眼球转到哪哪就可以发一笔财，谁能吸引注意力，谁就赢得了市场。

 ## 网上开店的广告策略

艾瑞市场咨询"第一届艾瑞网民网络习惯及消费行为调查"发现：一半以上的网民点击/观看广告后会对相应物品有购买行为，其比例为52.6%；35.4%的网民表示不知道，属于可能购买也可能不购买的情况。

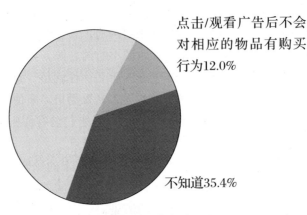

点击/观看广告后不会对相应的物品有购买行为12.0%

点击/观看广告后会对相应的物品有购买行为52.6%

不知道35.4%

点击/观看网络广告后网民的消费行为

注：样本描述：$N = 11256$；以上样本于2003年7月在中国20家大中型网站采用网上联机调查获得。

由此可见网上开店宣传广告有多么重要。介绍下面四种宣传网店的方法。

（1）在网站上开店后，你就会发现网站提供了很多收费的宣传推广服务，例如首页推荐展示、图片橱窗、字体粗体显示等。虽然这些是收费的，但通常是会带来客源的，所以值得一试。

不是自己店里的每个商品都要推广，挑选一两件有特色的产品进行推广，这一两件的经典产品主要起吸引的作用。

（2）网上开店后，可以选择和一些带钻的店铺交换链接，可以分文不花来宣传自己的小店。

（3）要多多利用论坛宣传和留言簿。在论坛宣传主要的方式是发广告贴和利用签名档。发广告贴时，一定要巧妙，不要带有明显的广告痕迹，因为一般论坛上是非常反感广告贴的，同时管理员也会毫不留情地删除广告贴。

在禁止发广告贴的论坛上，可以利用签名档，将签名档更改为自己小店的名字、商品、店标等，吸引顾客到自己的店面光顾。

发广告贴时图片一定要清晰精美，产品描写的文字一定要详细，以引起人们的注意，一定要经常保持更新和置顶。

同时可以利用新浪博客、人人网的留言簿或是QQ邮箱里的漂流瓶，一定要手勤、脑勤。

在各种提供搜索引擎注册服务的网站上登录网店的资料，争取获得更多的浏览者进入网店。

（4）利用周围亲朋好友的宣传力度。自己开店一定要第一时间告诉自己的亲人或是朋友，一传十十传百，可以将自己的QQ个性签名改为自己网店的地址，方便亲朋好友查找。

 ## 网上开店的定价策略

许多消费者在网上购物的一个最主要的原因是价格便宜，所以网上开店定价很有讲究。在不同的阶段要采取不同的方法。一般定价需考虑的因素有：店铺的商品特征、小店的知名度、消费群体的档次，还有就是竞争对手相同产品的价格。具体可遵循以下几点。

第一，销售价格要保证基本的利润点，不要轻易降价，但也不要太高。不要老是变动价格，避免造成顾客的不信任。

销售价格在保证利润点的基础上，要最大可能地低于市场价格，价格低是网上销售的最大卖点，所以一定要利用好。

第二，对市面紧缺的货物，价格可以适当高一些，一方面因为物以稀为贵，另一方面，顾客总是认为如果价钱特别便宜就不是正品。

第三，店内所经营的产品，要分开档次。对于顾客来说，有比较才有选择，同时也可以很好地迎合不同的消费档次。隔一段时间可以做一些活动，吸引顾客的眼球，将一些高档次的东西，按成本价出售，起宣传作用。

第四，要经常看看网上同类商品的定价策略，如果有商店同类产品的价格

在定价的时候一定写清楚，价格包含什么不包含什么，以免发生不必要的麻烦。特别是一定要写明是否包含运费。

低于自己的产品，那么自己的产品也要适当降低。

 ## 积极的沟通

沟通是比较人性化的经营理念，记得在国外曾做过这样一个调查：网上购物最大的缺点是什么？很多人认为是缺少人性的交流，很难满足"购客至上"的感觉。所以卖家一定要关注沟通，不仅与顾客要有沟通，与供应商、网站平台、甚至竞争对手也要有沟通。

> 多与顾客沟通。
> 如果顾客有什么不懂
> 或是不明白的地方，
> 要积极进行解答。

（1）多与竞争者沟通。网上竞争不像传统意义上的竞争那样充满火药味，网络最重要的特点就是信息通畅，可以帮助那些相互竞争的对手互相了解。价格的差距是不断完善的动力，互相补充才能双赢。

如何和竞争者沟通对于新手来说是很重要的一堂课。在网上开店之前，最好先做一个全面的网上市场调查，了解你要所要卖的商品谁是最大的卖家，这个最大卖家的价格是多少，如果你没有做调查而陷入与大卖家的价格竞争中，很容易落败。

> 在与一般的对手竞争时，最好不要打价格战，这样容易导致两败俱伤。最好的办法就是不断地提高自己的服务质量，在价格上不能吸引顾客，就从服务上征服顾客。

（2）多与供应商沟通。供应商了解商品的质量和实际市场，他们知道哪些商品质量好，哪些商品的回头客比较多；供应商一般对网络不太了解，而网上的商家很清楚网络消费群体的消费趋势。因此商家和供应商的合作可以是一个互补的过程。

积极参加网上平台举行的活动，发表自己在网上开店的心得，如果被网上平台推荐到首页，对自己的店面宣传是很有帮助的，也可以给顾客一种信任感。

多和供应商沟通，如果关系搞得好可以利用供应商的资金进行铺货销售，假如出现了滞销的问题，也可以换货，避免了很多的经营风险。

到位的售后服务

网上开店，回头客很关键，他们往往能带来更多的客源；相反如果顾客在你的店面没有得到很好的服务，那么他也可能将你的劣质服务广而告之，所以在网上开店要积极笼络顾客，周到的服务、人文的关怀，在第一时间解决客户的问题，这样才能获得客户的认可。

客户的抱怨和警告不容忽视

当顾客产生抱怨或是提出警告的时候，一定要认真处理，不能拖延时间，顾客有抱怨是因为感到不满意，找出其中不满意的原因，正确及时解决问题。下面具体讲解一下处理顾客抱怨的策略和技巧。

首先，应该对顾客的抱怨引起高度的重视。

当发生顾客投诉或是抱怨时，不要忽略其中的任何问题，每个问题的发生必有一些深层次的原因。如果能够很好地处理客户的抱怨，其实也间接地拉近了与客户的关系，同时也能利用顾客的投诉和抱怨来发现自己店铺需要改进的地方。

其次，要正确及时地处理出现的问题。

如果对客户的抱怨视而不见，只会让顾客更加反感，觉得自己没有受到足够的重视。假如顾客提出产品质量不好，我们可以根据顾客的询问判断是否是使用方法不对，如果是，要明确地向顾客提出，如果真是产品质量出了问题，应该及时给予赔偿。只有这样才会得到顾客的信任，才可以做长久的买卖。

分析顾客抱怨的原因

搞清楚顾客抱怨是因为产品的质量还是服务人员的态度与方式，对于任何抱怨我们都得有则改之，无则加勉。

最后要对顾客的投诉和抱怨进行归纳总结。

如果质量上有问题，那么就要积极和供应商沟通，如果是服务的问题，一定要改善自己的服务，让顾客更加满意。

处理完顾客的抱怨后，不要就从此消失，要继续保持和顾客的沟通，了解顾客对处理的满意程度，增强顾客对自己的信任感。

 ## 顾客的换货和退货积极配合

在网上销售要清楚地表明哪种情况下可以退货，哪种情况下可以换货，退货后多长时间可以将货款退还给顾客，还有就是往返的运输费用由谁来承担。

时刻保持顾客就是上帝的心态，只有真诚的服务才能打动顾客，让顾客最终相信你，即使有时顾客提出的要求有些不合理，我们也不能轻易拒绝。既然顾客能提出问题，就说明我们还有很多地方做得不好，需要进一步的改进。对于确实没有条件满足顾客的，要表达真诚的歉意。

 # 网上开店特别注意事项

任何经营行为都会存在一定的风险，网上开店也不是一本万利的，要注意以下事项。

网上记录了任何一个卖家的诚信记录，不诚信的人很难在网络上经营下去，诚信卖家的商品价格高些都有人买。

第一，网上开店不是只赚不赔的。网店千千万万，要想独占鳌头，就不要有什么不切实际的想法，安心经营，无限复制别人的成功经验，日久自有回报。

第二，一定要诚信。诚信是经营网店必胜的法宝，欺骗消费者只会让自己的店面生意一落千丈。在网上，每个卖家都有一个关于诚信的记录，买家可以看到卖家以前的销售状况以及别的买家的评价。

第三，网上开店同样存在经营风险，要有足够的心理准备。目前中国的网店之中，真正赚钱的比例并不是太高，所以在开店之前要认真分析比较，如果在经营中遇到波折，也要平心面对。

要用平常心对待差评。有时因为自身或其他原因，可能会在信用记录里出现差评，要平静地面对，采取相应的补救措施，或者在网上说明真实的情况。同时争取用更多的优评来获取买家的正面印象。